오늘에는 사랑을 하세요.

오희영

그래도 사랑뿐

그래도 사랑이길
봄날 같은 사랑을 꿈꾸는

_____ 에게

그
래
도
♥
사
랑
뿐

오휘명 지음

그거 사랑이잖아요. 더 이상 망설이지 말아요. 우리.

지식인하우스

프롤로그

세상의 좋은 것들을 볼 때, 이를테면 따뜻한 햇볕을 쬐는 고양이를 볼 때라거나 비가 내리는 창밖을 바라볼 때면, 문득 생각나는 사람이 있었습니다. 그 사람은 어떤 날에는 바로 옆에 함께 있어도 떠올랐고, 다른 어떤 날에는 또 함께이지 않아서 떠오르곤 했습니다. 기억이 선명하면 선명한 대로, 아주 멀어져 희미하면 희미한 대로 떠오르는 사람이었습니다.

가장 좋아하는 배우가 출연한 여러 장르의 영화를 보는 기분이었고, 나는 설레는 장면에서, 행복한 장면에서, 그리고 그리움이 사무치는 장면들 속에서 그 사람과 함께 울고 웃었습니다. 사랑이었습니다, 줄곧 사랑이었고 떠나가서도 사랑이었습니다.

어쩌면 세상 속에서 줄곧 떠다닐 운명이었을 사랑의 장면들을 잡아 엮었습니다. 이것들 중 하나라도 당신의 사랑과 닮아 공명을 일으키기를 바라면서요. 그래서 당신의 사랑이 조금이나마 외롭지 않게 앞으로 나아가기를 바라면서요.

그거, 사랑이잖아요. 찬란해서 사랑이고, 낡고 눈물겨워도 당신의 사랑이잖아요.

1
사랑에
물들다

차
례

어쩌면 지금도 있을
사랑의 순간들

2

3
이별은 그런 것
그리움은 또 다른 사랑

.

영원에 가까운
사랑
4

1

사랑에
물들다

가끔의 익숙한 안부 인사처럼
원래부터 살가운 관계였던 것처럼
말이나 한번 걸어 보고 싶었어
바람이 차다 싶었는데 어느덧 겨울이라고
마침 네가 사는 동네인데 첫눈이 다 내린다고
마침 내게 우산이 있다고
어디쯤을 걷고 있냐고

첫
눈
●

A는 B의 눈을 제대로 보지 못했다, 그것도 늘.

정신을 차려 보니 날씨는 완연한 겨울이 되어 있었고, 사람들은 자락이 길고 두꺼운 옷들을 제각각 입고 거리를 걷고 있었다. 상수역의 11월은 그렇게 복작대면서도, 한편으로 쌀쌀하게 지나가고 있었다. A가 삼각지역을 지날 때쯤부터, 여느 때처럼 친구들이 모여 있는 메신저의 대화방에서는 시시콜콜한 메시지들이 오가기 시작했다.

"지금 카페 건너편에 앉은 사람, 완전 내 스타일인 것 같아." 에서부터, 불친절한 택시 기사와 한바탕 실랑이를 벌인 일들까지. 전혀 영양가 없는 대화들이었다. 마치 매일의 날씨처럼, 그저 지나가는 대화들이었다.

상수역의 1번 출구로 나왔을 때, 상가 건물들에 가려져 좁고 탁해진 시야보다도 먼저 A의 눈에 들어온 것은 자신의 입김이었다.

정말 겨울이네.

A는 그렇게 생각하며 크림 롤케이크가 유명한 과자점으로 향했다.

B는 A의 퇴근 시간 무렵이면 대학가 주변의 화실에 틀어박혀 그림을 그리곤 했다. 그리고 A는 B가 화실에 오롯이 혼자일 때를 일부러 골라 간식을 사 갔다. 그러면 B는 그것을 무심한 분위기를 뿜어대며 먹어 치웠다.

그 분위기의 무시무시한 건조함은 'A가 B의 눈을 바로 바라보지 못하는 몇 가지 이유' 중 하나였다. 물론 B는 '정말 고맙다.'는 말을 빼놓지 않고 꼭 해 주었다. 그렇지만 왠지 모르게 참 겨울 같은 사람이었다.

화실의 냄새는 늘 아득해질 정도로 짙다. 오늘도 마찬가지였다. A는 화실에 들어서서 일부러 심호흡을 하듯 숨을 깊게 들이켜는 자신을 발견하곤, 지하주차장의 냄새를 좋아했던 어린 날의 남다른 취향을 떠올렸다. 유화 물감의 냄새, 캔버스 틀의 나무 냄새, 고인 물의 향 같은 것들. 이제는 A가 사랑하게 되어 버린 냄새들이었다.

아니, 사실은 사랑하는 존재가 머무는 곳마저 사랑하게 되어 버린 걸까.

어느새 A가 B의 '공식적'인 연인이 되어 버린 것인지, 그게 아니면, 그렇다면 정말 딱하게 된 일이지만 B에게 있어 A는 단지 '간식을 가져다주는 친절한 친구'인지는 확실히 알 수 없었다.

그렇지만, 좋아하고 있었다. 온 마음을 다해, 조금은 창피하겠지만, 사랑이라고까지 말하고 다닐 수도 있을 것 같았다.

B에게 간식을 사다 먹이고 나온 거리, 올려다본 하늘은 텅텅 비어 있었다.

'구름이 없으면 달이라도 보이든지, 달이 보이지 않으면 구름이라도 있든지.'라는 생각이 절로 들 정도로, 올려다본 그곳엔 아무것도 있지 않았다. A의 미지근한 마음, 채워지지 않은 행복의 연료통, 똑바로 볼 수 없는 그 사람의 눈처럼 말이다.

그래도 눈이라도 내린다면 제법 봐줄 만한 하늘일 텐데.

A는 생각했다. 영양가 없는 친구들의 대화들이 떠올랐다.

"잘하면 내일 첫눈 내린다던데."
"첫눈은 무슨, 그거 그냥 12개월 만에 오랜만에 내리는 눈이야."

같은 내용이었던가. 참으로 신기하다고 생각했다. 물이긴 같은 물인데, '첫 비' 같은 것들과는 확실히 다른 느낌을 가져다준다는 것이. 얼려진 물의 조각 따위일 뿐인데, 맞는 것만으로도 축복받는 느낌이 든다는 것이. A는 잠시 서서 첫눈 오는 장면을 생각했고, 빨리 첫눈이 왔으면 좋겠다고 생각했다.

돌아가는 길, 기막힌 우연으로, 삼각지역을 지날 때쯤부터 친구들의 수다가 다시 시작되었다. 재킷의 주머니 안에서 계속 울려대는 진동 탓에, A는 아까와는 다르게 그것들이 거슬린다는 느낌이 들었다. 곧바로 알림 기능을 꺼버렸다. A는 열심히 첫눈 오는 장면을 생각하고 있었다.

까닭은 알 수 없었다. 그러나 B의 실루엣과 첫눈 오는 하늘이 자꾸만 겹쳐왔다. 첫눈이 내리는 하늘을 언제까지고 빤히 올려다보는 것처럼, 그 사람의 눈도 지그시 바라볼 수 있게 된다면, 그야말로 제대로 보는 그 사람의 '첫 눈'일 텐데.

아까의 홍대 길거리에서와는 비교도 할 수 없을 만큼, 첫눈이 내리는 하늘을 보고 싶은 욕구가 A에게 격렬히 일었다. 일종의 예행연습을 하고 싶은 것이었다. 더 깊게, 더 절실하게 사랑하는 방법에 관한 것들을.

펑펑 내리는 첫눈을 한껏 맞고 싶었다, 가능하면 실오라기 하나 걸치지 않은 채로. 그래서 등뼈니 어깨뼈의 틈에, 연못 같은 쇄골에, 바짝 터버린 양손의 살 틈 사이사이를 첫눈으로 채우고 싶었다. 그 사람을 닮은 첫눈들로. 그래서 마지막엔, 그 사람 역시 첫눈처럼 위에서 자신을 향해 안겨 들어왔으면 좋겠다고 생각했다. 그러면 자신은 연못이나 벽돌이나, 마른 건초 따위가 되더라도 그 사람을 온몸으로 받아들이겠다고.
온몸으로 눈을 맞고 싶었다. 차갑지만 부드럽게, 나를 밀어내지 않는 첫눈.
온몸으로 그 사람을 받아들이고 싶었다. 지그시 바라볼 수 있게 된 그 사람의 첫 눈.

겨울이면 마음에도 없는 말을 하고 싶어요.
따뜻한 옷을 입고 나오시라고.
조금은 가벼운 느낌이 드는 것 같은 당신의 옷차림에
내 체온이 마지막 한 조각의 따뜻함이 되길 바라니까요.
그렇게 몇 걸음에 한 번씩 우리 껴안을까요.
그러다 밤이 오고 눈이 오면 우리 골목길로 갈까요.
온통 깜깜한 가운데 주황빛 가로등 하나.
그 밑,
우리가 서 있는 그 좁은 곳만 겨울이에요.
그 한 평만 눈 내리는 겨울이에요.
내 체온이 마지막 한 조각의 따뜻함이 될 수 있어요.

소
녀

●

1

"그러니까 누가 시간보다 일찍 오래."

그렇게 말했다. 그리곤 스스로도 난 참 못된 년이라고 생각했다. 넌 약속 시각보다 미리 도착했을 뿐인데, 나는 너보다 약속 장소에 늦게 온 게 괜히 미안하고도 멋쩍어 못된 말을 해 버리는 것이다.

너는 늘 나보다 먼저 만나기로 한 곳에 와 있곤 했다. 어떤 하루는 '이번엔 기어코 내가 먼저 도착해서 큰소릴 떵떵 쳐야지'라는 생각으로, 약속 시각보다 이십 분이나 먼저 간 적이 있었는데, 그때도 넌 어딘가에 앉아 책을 읽고 있었다. '주변에 볼일이 있었는데 그것이 생각보다도 더 일찍 해결됐다' 라는 말과 함께.

나는 이렇게 네가 일찍 도착해 날 기다리고 있을 때면, 더구나 미리 음식점 같은 걸 알아봐 두었을 때면, 결코 해서는 안 될 낯 뜨거운, 이상한 착각과 상상들을 하곤 하지만, 애써 무시하고 저런 미운 말들을 일단 뱉어보곤 하는 것이다.

나는 그렇게 모난 말을 하는 중에도 네게서 나는 냄새가 참 깔끔하다고 생각했다.

2

신기할 정도로 너는 내 미운 어리광들을 다 받아 준다. 나는 스스로도 네게 늘 투덜거리고, 미운 말과 행동만 골라서 보여 주곤 하는 걸 잘 안다. 그런데도 이렇게 시원하고, 멀지도 않고, 완벽히 내 취향인 식당을 미리 알아봐 두고 데리고 오는 상냥함이라니.

"야."

나는 '아주 요 정도쯤은 고맙다' 고 솔직히 말해 보려다,

"그거 내놔."라고 말하곤 네 그릇에 있던 새우들을 뺏어서 먹어 버렸다. 정말, 만약 내가 너와 같은 남자아이였다면, 당

장 네게 발길질을 당해도 할 말이 없었을 것이다.

　너는 지금도 내게 충분히 고마운 사람이고, 만나고 있지 않을 때도 나를 웃게끔 하는 사람이다. 나도 늘 고마움을 느끼고 있고, 반면 그렇지 못한 나 스스로에 대해서도 충분히 반성하고 있다. 나는 이제는 그러지 말아야지 생각하면서, 이렇게 계속 미운 모습들만을 보여 주는 것이다.

　입안에서 씹히는 새우들이 정말 고소했다. 어쩌면 너의 사려 깊은 포크질이 닿아서일 수도 있다고 생각하니, 이상한 기분이 들어서 견딜 수가 없었다.

　3
　조금 전의 현기증 비슷한 느낌이 채 가시지 않는 데다, 밥을 다 먹고 나온 거리의 공기는 참을 수 없이 뜨거웠다. 넌 어디든 들어가 쉬고 싶은 내 마음을 알아본 건지, 저 앞의 카페에 가자고 말해 주었다.

　가까운 카페에 들어가 너와 같은 차가운 커피를 주문했다. 커피가 맛이 없기를 바란다. 그래야 그것에 대해서 같이 떠들 수 있을 테니까.

내가 더운 날씨에 쩔쩔맬 때면, 너는 종종 내 붉어진 얼굴을 재미있다는 듯이 바라본다.

　"왜? 예뻐? 반하겠어?"

　부끄러움을 애써 감추고 말을 했더니, 너는

　"아니, 아줌마가 술을 많이 드셨나 해서. 너 얼굴 엄청 빨개."라고 대답했다. 내 얼굴이 붉은 것이 더위 탓만은 아닌 것 같다고 말하고 싶었지만, 나는 이상하게 네 앞에선 어려지는 것 같아서, 대충 웃긴 표정을 지으며 대답을 대신했다.

　나는 지금 수많은 소녀 중 하나. 가슴팍을 타고 올라와 얼굴을 통해 피어오르는 마음을 억지로 감춰본다.

　4
　"오늘은 드디어 집까지 데려다주는 날?"

　헤어질 때면 나는 이렇게 장난 섞인 질문을 하곤 하는데, 나는 이런 농담을 할 때면 정말 내 마음을 모르게 되어 버린다. 농담이 농담이 아니게 돼 버리는 것. 정말로 집에 데려다

주었으면 하는 마음이 있는 것도 같고, 순수하게 장난으로 하는 말인 것 같기도 하다. 네가 어떤 대답을 해 주길 바라는지도 사실은 잘 모르겠다. 콧방귀를 뀌길 바라는지, 아니면 정말로 데려다주겠다고 말하길 바라는지. 만약 데려다주겠다고 네가 말한다면, 그땐 어쩌지, 나.

"날이 이렇게 더운데. 그냥 조심히 가라, 아줌마."

다행인지 아닌지, 너는 픽 웃으며 그렇게 말했다. 나는 그제야 다시 이상한 표정을 지으며 돌아설 수 있었다. 후련해.

5

평소보다 빠른 걸음으로 역의 통로를 걷는다. 함께 밥을 먹을 때의 이상한 기분이 다시금 끓어올라서 견딜 수가 없었다. 어쩌면 정말로 나는 네가 우리 집까지 함께해 주기를 바라는지도. 내 뒤 저 어디쯤의 너와 충분히 멀어지고 나면, 나는 몰래 숨어서 참고 있던 숨을 몰아쉬어야지.

그렇지만 정말이지, 나는 너무도 멍청해서, 꼭 너와 헤어지고 나서야 나의 마음을 정확히 알게 되는 것이다. 오늘만큼은 네가 같이 가주었으면 좋겠다고. 그렇게 조금이나마 더 함께였으면 좋겠다고. 사춘기 소녀일 때의 마음이 아마 이것과 비슷했을까.

　현기증 비슷한 게 도졌는지 빠르게 걷는 와중에도 정신이 몽롱하다. 내 뒤의 발소리들이 꼭 너의 것인 것만 같다. 혹시라도 돌아보면 네가 있을까.

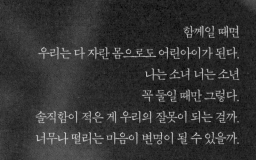

함께일 때면
우리는 다 자란 몸으로도 어린아이가 된다.
나는 소녀 너는 소년
꼭 둘일 때만 그렇다.
솔직함이 적은 게 우리의 잘못이 되는 걸까.
너무나 떨리는 마음이 변명이 될 수 있을까.

소
년
●

1

"그러니까 누가 시간보다 일찍 오래."

이제는 네가 먼저 그런 말을 지르고 본다. 나는 아무런 말
도 안 했는데. 정말 내가 늦었다고 먼저 툴툴대기라도 했다면
덜 억울했을 텐데.

너의 그 놀리는 것 같은 표정이 너무 얄밉다. 언젠가 만화
영화에서 봤던 오리 캐릭터를 닮은 것 같다, 하는 짓이나 목
소리도 썩 닮은 것 같기도 하고.

네가 이곳에 오기 전에, 나는 이미 땀을 한 바가지는 흘렸
던 것 같다. 공공 화장실을 찾아, 겨우 시간에 맞춰 세수를 할
수 있었다. 혹시 내 몸에서 이상한 냄새가 나지는 않는지 몇

번은 확인한 것을 너는 모른다.

만나기로 한 곳으로부터 얼마 안 걸리는 곳에 식당을 알아 두길 잘했다고 생각한다. 유난히 덥고 짜증나는 날이라, 그것 하나는 스스로도 참 잘했다고 생각한다. 만약 이것에 대해 네가 칭찬을 해 준다면 나는 한껏 거드름을 피울 생각이다.

2

맛있는 걸 먹을 때면 너는 그 음식에 완전히 몰두한다. 마치 다른 것은 안중에도 없다는 듯이.

그리고 너의 그런 점은 내게도 꽤 고마운 부분이다. 굳이 다른 핑계를 들 필요가 없이 마음껏 그 얼굴을 볼 수가 있으니까. 뭐, 조금은 나의 시선을 신경 써줬으면 하는 마음도 있지만.

"야."

가슴팍으로부터 목젖을 지나, 입 밖으로 튀어나오려는 놀란 마음을 애써 욱읍 틀어막았다. 너는 아주 조용하다가도 그런 한 글자의 부름으로 나를 뒤흔들곤 한다. 꽤 하이 톤인 목소리 탓인지는 몰라도, 각성 효과가 있는 것처럼 나를 놀라게

하는 것이다. 내가 놀라지 않은 척 적당히 대답하니, 너는

"그거 내놔."라고 말하고는 내 앞에 있는 새우 두 마리를 가져갔다. 역시 너는 무례하다. 물론, 솔직한 마음으로는 내게 조금 더 무례하게 대해도 좋을 것 같다. 만약 새우 몇 마리가 내게 더 있었다면, 나는 일부러 네게 잘 보이는 그릇의 한 구석에 그것들을 두었을 텐데.

3

밥을 먹고 나와 겨우 오 분 정도를 걸었을 뿐인데, 나나 너나 이마에 땀이 송골송골 맺혔다. 우리는 식당 건너편의 카페에 들어와, 똑같이 차가운 커피를 두 잔 주문한다. 우리는 여름을 정말 싫어한다.

너의 희다 못해서 투명하게 밝은 피부는, 조금만 더워도 복숭아처럼 분홍색으로 달아오른다. 말할 순 없지만, 말이라도 하는 날이면 미쳤냐고 욕을 먹겠지만, 나는 너의 그런 모습을 보는 걸 참 좋아한다. 첫사랑을 하던 나이 때쯤의 것과 비슷한 느낌을 준다.

그래서 나는 사실 여름을, 너의 얼굴을 보는 것을 뺀 만큼만 싫어한다.

"왜? 예뻐? 반하겠어?"

너는 그렇게 말하곤 다시 오리 캐릭터를 닮은 표정을 짓는
다. 목소리마저 그것과 닮았다. 얄밉다. 얄미우면서도 사실
은 정말 예쁘다고 생각한다. 나는 그렇다는 대답 대신,

"아니, 아줌마가 술을 많이 드셨나 해서. 너 얼굴 엄청 빨개."
라며 툴툴거리는 대답을 하고 만다.

그래, 나는 요즘 들어 이상하게 제 나이보다 어려지는 것
같다. 소년기는 애초에 졸업한 줄 알았는데, 더구나 이제는
매일 면도도 하는데, 네 모습과 목소리 앞에선 사춘기 중학생
이 되는 것만 같다.

나는 지금, 어느새 수많은 소년 중 하나, 네게 억지로 무뚝
뚝하게 굴어본다.

4

"오늘은 드디어 집까지 데려다주는 날?"

"날이 이렇게 더운데. 그냥 조심히 가라, 아줌마."
헤어짐이 다가온다. 나는 끝을 생각한다. 사실은 몇 시간

전 역 앞에서부터, 그러니까 너를 만나기 직전부터 헤어짐을 생각했다. 꼭 너와의 만남이 아니더라도, 다음번의 만남이 확실치 않은 헤어짐은 늘 더욱 섭섭한 법이다. 특히 너와의 만남이라 더.

"덩치는 산만한 게 든든한 구석이 없어. 간다."

너는 웃으며 그렇게 말하곤 휙 뒤돌아선다. 주름이 잡힌 치마와 부드러워 보이는 소재의 민소매 티가 함께 하늘하늘 예쁘게 돌아간다.

딱히 특별한 이유가 없어도 매번 너를 집까지 데려다줄 수만 있다면 얼마나 좋을까. 네가 그런 말을 할 때마다, 나는 네가 장난으로 나를 꾀어내는 건지, 아니면 정말 내게 마음이 있는 것인지, 너의 정확한 속을 모르겠다. 그렇지만 명확한 건, 나만큼은 정말이지 사춘기 소년처럼 너를 원한다는 것.

5

너는 내 친구들만큼 걸음이 빠르다. 조그만 게 어쩜 그렇게 보폭이 큰지.

시간이 남아돈다는 말이 좋을까, 생각해 보니 네가 사는 집 쪽에 볼일이 있었다고 할까, 아니면 조금은 솔직해져도 괜찮은 걸까. 전철을 타는 곳까진 아직 조금 여유가 있다.

나는 오늘 너의 뒤를 따라간다. 조금은 무뚝뚝함과 주저함이 섞인 소년 같은 걸음으로.

확실한 만남의 약속을 잡고 싶다고, 매일 너를 집에 데려다주고 싶다고 말을 하면, 너는 늘 그랬듯 다정히 나를 대해 줄까, 내가 좋아하는 복숭앗빛 얼굴을 보여 줄까.

이대로 좋아, 진심이야.
가끔 만나 차 한 잔 밥 한 끼 하는 거, 좋아.
그래도 조금 더 욕심내 보자면,
나는 우리가 지금보다 자주 함께라면 좋겠어.
매일 얼굴을 볼 수도 있는 사이라면 좋겠어.
이것도 진심이야.

별것
아냐

한참 앉아 있던 자리에서 몸을 일으켰을 때, 뜨거운 낮의 현기증이 그녀의 콧등을 간질였다.

"걱정 마, 별것 아냐."

그녀는 주문처럼 속삭이고, 눈을 감고 선 채로 잠시 흔들거렸다. 언젠가부터 갖게 된, '우주의 모든 것은 각자의 끝을 향해 달린다.' 라는 나름의 세계관은 그녀를 무엇보다도 강하고도 약하게, 느리고도 빠르게 만들었다.

예들 들면 이런 것이다. 일에 찌드는 게 아니라, 서서히 퇴근을 향해 가는 것이다. 아픈 것이 아니라, 낫고 있는 것이다. 이런 경우, 그녀의 시간은 일반인들보다 빠르게 달렸다.

물론 이것이 그녀를 약하게 만들 때도 있었다. 단적인 예, 맛있는 케이크는 빵집에서 금세 동이 난다. 좋은 음악은 언젠가 정적을 맞는다. 모두는 죽는다. 연인은 언젠가 헤어진다. 이런 생각은 그녀를 괴롭혔다. 맥 빠지는 사실들이었다.

'어차피 끝날 건데, 어차피 죽는데 뭐.'

나른함이 몸과 마음을 부지런히 괴롭히는 세 시쯤이면, 연습실엔 어린아이들이 찾아들어 왔다. 희뿌연 레오타드를 걸친 그들은 어린아이 특유의 체형 때문에 걸어 다니는 달걀들로 보일 때도 있었다. 피아노가 주를 이루는, 딱히 이름 지어지지 않은 연습곡이 흘러나오면 그녀는 가끔 박달나무로 만들어진 리듬 막대로 박자를 잡아 주었다. 그러면 아이들은 다리가 달린 달걀처럼 이곳저곳을 귀엽게 누벼 주었다. 그들의 발레 슈즈가 도도도도 하고 나무 바닥을 두드려 화음을 이뤘다. 그녀가 참 행복하게 여기는 순간 중 하나였다.

'우주의 섭리' 대로, 예외 없이 리듬 막대 소리는 언젠가 멎었다. 연습용 피아노곡의 재생이 정지됐다. 아이들은 떠나갔다. 그리고 나면 늘 정적이 연습실을 메웠다.

아무도 남지 않은 연습실의 바닥에 여자는 대자로 다리를 벌려 크게 누웠다. 철저히 혼자만이 남았다.

우주를 가득 메운 정적을 떠올렸다. 어디선가는 포탄이 터지며, 어디선가는 가수에게 열광적인 환호를 보내지만, 그것들은 언젠가 죽거나, 잦아들거나, 어떠한 방식의 끝을 맞는다. 지구는 언젠가 생기를 잃어 조용해지고, 우주의 정적에 잠길 것이다. 늘 그래왔던 우주의 고요.

돌연 그녀는 외로움인지 몸살기인지 모를 떨림을 느껴 마룻바닥에서 몸을 일으켰다. 현기증이 또 한 번 콧등을 간질였다. 여자는 한 번 더 속삭였다.

"걱정 마, 별것 아냐."

'걱정 마, 별것 아냐.' 라고, 그가 말해 주던 입술의 모양이 눈앞에 재생됐다.

온 세상이 자신을 할퀴었던 날, 내 편이라 믿었던 이들까지 그녀를 찔렀던 날, 염치없이 몇 개월 만에 불러낸 그였다.

'친구야, 오늘 오랜만에 좀 봐야 할 것 같은데.' 라고 말했던가. 그는

"별것 아냐."라고 말하곤, 스웨터를 입어 부드러운 자신의

어깻죽지로 여자의 축축한 눈가를 닦아 줬다.

그날, 그는 우는 그녀에게 '모든 것은 각자의 끝을 향해
달린다.' 라는 세상의 비밀을 알려 주었다. 그날, 그녀의 삶
또한 끝을 향해 달리기 시작했다. 싸움의 연속이었던 하루,
종착역이 있다는 사실이란 그녀를 한없이 편하게 만들어 주
었다.

연습실의 우주 같은 고요 속에서, 여자는 겉옷을 주워 입
으며 전화기를 두드렸다.

"야, 오늘 오랜만에 밀크티 좀 해야 할 것 같은데. 몸이 허
해서."

당일 해 질 무렵이 되어서야 하는 뻔뻔한 부름에도, 그는
신기하게 매번 나와 주었다.

"요즘 자꾸 현기증이 나서 큰일이야."
"걱정 마, 별것 아냐. 사람은 어차피 모두 죽어가고 있어."

그는 늘 그런 식이었다. 특유의 낙관적이랄지, 퇴폐적이랄
지 모르겠는 기질에는 그녀를 한없이 맥 빠지게 했다가도 편
하게 해 주는 무엇이 있었다.

홀로 돌아온 집, 열어 둔 창가의 나무는 푸르렀다. 지구의 역사와 함께, 몇천 번도 푸르렀을 밤이었다. 여자는 창가에서 냉수를 마셨다. 외로움인지 몸살기인지 모를 것에 부르르 떨었다. 초록의 잎들도 바람에 사각사각 떨었다. 그리고 그녀의 다리에서도 휴대 전화의 작은 떨림이 일었다.

"사람은 어차피 죽어, 그래도 창문은 닫고 자. 감기 독하다더라."

그녀는 문자 메시지에 대고 뾰루퉁한 표정을 짓고는, 창문을 열어 둔 채로 침대에 누웠다.

"어차피 끝날 건데, 어차피 죽는데 뭐."

그리곤 이불을 코끝까지 올려 덮었다. 어차피 죽을 것인데도. 창밖에서 불어온 바람과 이불의 냄새가 섞여, 어쩐지 그의 냄새 같기도 했다.

어차피 끝날 거면, 어차피 죽을 거면 그와 함께인 게 괜찮을 것 같기도 했다. 망해가는 지구 속, 자신과 그의 끝이 '우리'로 맺어졌으면 좋겠다는 생각도 들었다.

우주를 가득 메운 고요처럼, 기분 좋은 잠기운이 몰려왔다. 조금 전에 작별할 때 잡은 그의 손결처럼 기분 좋게 몰려오고 있었다.

나는 오래전 구워진 빵 같아요.
세월이 흐를수록 빵 껍질은 딱딱해졌죠.
촉촉했던 속살은 그대로일까요, 아니면 벌써 썩었을까요.
엄청 큰 지진이라도 나면, 그 껍질이 갈라져서
놀란 속살이 당신께 전화를 걸까요, 거긴 괜찮으냐고.
큰 홍수라도 나면, 나는 스펀지처럼 송송 뚫린 속을 쥐어짜서
물속의 당신 입술에 숨을 불어 넣어 줄까요.
아니면 검정치마의 노래 가사처럼 빙하기가 다시 올까요.
그럼 우리 화덕으로 같이 들어가요.
노래 가사처럼
따뜻한 그곳에서 춤을 추며 절망이랑 싸워요.

당신, 지금
나올래요?

커피포트를 켜고 믹스 커피 몇 봉을 뜯었다.

그리고 금세 '츠르르르' 하고, 물 끓는 소리가 들렸다. 언젠가 TV 프로그램에서 들었던 것 같은, 방울뱀의 꼬리 소리와 닮았다고 생각했다. 나는 가열 버튼을 누르고 다만 몇 봉의 커피를 뜯었을 뿐인데, 그사이에 물은 팔팔 끓고 있었다. 포트의 성능이 좋은 걸까, 내가 행동이 과하게 굼뜬 걸까. 나는 잠시 생각했다.

물 끓는 소리가 절정에 달했을 때, 포트의 붉은 불은 꺼졌고, 그 '방울뱀의 소리' 비슷한 소리도 잦아들었다.

끓은 물과 커피 가루를 넣은 보온병에선 커피의 향긋함이 올라오고, 동시에 따뜻한 김이 손목을 일렁일렁 간질였다. 방울뱀의 꼬리를 흔드는 섬뜩한 소리, 그리고 커피를 타는 소

리는 놀랍도록 닮았다. 그토록 다른 느낌을 주는데, 소리는
닮았다니. 묘하다고 생각했다.

　보온병이 담긴 검은 손가방을 들고 밤바람을 막아 줄 만한
옷을 입은 채로 집을 나섰다. 새벽 2시 15분. 외국인 몇 명이
알아들을 수 없는 말을 주고받으며 걷고 있었다. 한껏 캄캄한
하늘과 알아들을 수 없는 말들이 오가는 길거리. 나는 언젠가
타국에서 길을 잃었던 밤을 회상했다. 막막한 감상이 잠시 스
치는 것 같았다.

　나는 휴대폰의 'AM 02:15'라는 숫자를 무시하고(통상적으
로 전화 통화를 하기에 적절한 시간은 아니다), 어딘가로 능숙하게 전
화를 건다. 버튼 조작 후에 수화기를 뺨에 갖다 대는 동작은
군더더기가 없을 정도로 익숙하다. 스스로도 완벽한 동작들
이라고 생각한다.

　수화기 너머의, 그 '아무런 말도 하지 않는 여자'는 과연
누구인지, 그리고 그 사람은 '도대체 왜 아무 말도 하지 않는
지.' 명확히 알 수 있는 것은 없었다. 우리가 어쩌다 이 통화
를 시작하게 됐는지도 이젠.

그나마 알고 있다고 생각되는 것은 수화기 건너의 사람이 여자라는 것(언젠가 딱 한 번, 여자의 마른 기침 소리를 들었다), 언제 전화를 해도 곧바로 받는다는 것, 마지막으로 전화를 받은 후엔 아무런 말도 하지 않는다는 것 정도였다.

나는 산책을 할 때면 여자에게 전화를 걸었다. 수화기 건너의 그녀는 늘 아무런 말도 하지 않았기에, 그 통화는 사실 나의 혼잣말에 불과했지만. 다만 그것은 혼잣말을 할 수 있는 '가장 좋은 변명'이었다. 길에서 마주치는 행인들에게 나는 보통의 통화를 하며 걷는 보통의 사람으로 보일 것이다.

대화의 주제는 매일 조금씩 다르긴 했지만, 보통은 외로움에 관한 것이었다. TV 속의 시답잖은 유행어 얘기를 하다가도, 이야기는 결국 외로움이 있는 곳으로 흘렀다. 오늘은 요즘 자주 먹는 동남아 쪽 음식에 관한 이야기를 했고, 나는 그녀에게 밥은 먹었냐고 물었다. 대답은 없었다. 시간은 두 시 반쯤이었다. 밥을 먹었냐고 물을 시간은 아니었다. 나는 나의 그런 바보 같은 물음에 대해, 외로움 탓일 것이라 속으로 생각했다.

회선 상의 잡음일까, 아니면 그녀의 숨소리였을까. '치익' 하는 소리가 들렸다. 나는 멋대로 그 소리를 '네, 밥 먹었어요.'라는 대답으로 받아들였다.

보온병에 입술을 대고 커피를 마셨다. 커피와 공기를 같이 빨아들이다 보니, 입에선 짧게 '츠르' 하고, 물 끓는 것과 비슷한 소리가 들렸다. 입속에도 방울뱀이 사는 걸까. 그녀는 말이 없었다.

"그래서요, 이렇게 어두운 밤이면 막 외로워지는 거예요. 아니, 몸만 외로운 게 아니라, 마음이 추운 느낌이라고 할까. 다른 사람들을 보면 다 괜찮아 보이는데, 나만 벌벌 떠는 모양이야. 쓸데없이 뒤척거리고. 그렇지만 모르겠어. 막상 누군가 '제가 듬뿍 사랑해 드릴게요' 라고 말하며 걸어온다면, 양팔을 활짝 벌리며 안아 주려는 제스처를 보인다면, 나는 아마 겁나서 도망쳐버릴 거예요. 외로운데, 막상 부담스러운 애정은 싫은 거야. 내 말 무슨 말인지 알아요?"

그녀는 말이 없었다.

사실 저 건너편의 그녀가 '실재하는 사람' 인지, 아니면 회선 상의 오류인지, 그것도 아니면 도시 전설에서나 나올법한 유령 비슷한 존재인 건지, 내가 아는 것은 없었고, 그녀는 늘 말이 없을 뿐이었다. 그녀가 내게 먼저 전화를 거는 일은 절대 없었고, 먼저 전화를 끊는 법도 없었다. 늘 내가 걸고 내가 끊는다. 이것은 저 건너의 그녀와 나 사이에 만들어진 암묵적인 룰이었다. 그녀는 여전히 말이 없었다.

"어쨌든요, 사랑하고 싶어. 그리고 그게 무서워. 그래서 사람들은 가벼운 관계만을 갖나 봐요. 나는 너무 깊고, 무겁고, 서로를 망치는 사랑이 무서워. 그러니까, 편의점의 물건들처럼 가볍고 편리한 사랑이 있었으면 좋겠다고, 이런 밤이면 생각하는 거예요. 허튼 바람인가. 혹시 내 말, 무슨 말인지 알아요?"

그녀는 말이 없다. 나는 슬슬 전화를 끊을 준비를 한다.

"나의 모든 걸 소비하지 않으면서, 서로를 적당히 안아 줄 수 있는 사람이 있어 줬으면 좋겠다는 거야, 오늘 같은 밤엔. 농담인데, 당신, 지금 나와서 나 좀 안아 줄래요."

뚝.
돌연, 무언가가 끊어지는, 혹은 부딪치는 소리가 들렸다. 휴대폰의 화면은 통화의 종료를 알렸다. 늘 내가 걸고 내가 끊었던 매일의 통화에서, 상대방이 먼저 전화를 끊었다.

무슨 뜻일까. 정말 이곳으로 와주려는 건가.

나는 그건 말도 안 된다고 생각하면서도, 보온병을 흔들었다. 두 명이 마실 정도의 커피가 남아 있는가를 확인한 것이다.

저 멀리에서 자동차가 맹렬히 달리는 소리가 들렸다. 금방 벽 같은 것이라도 들이받을 기세로. 그렇지만 무언가를 들이받는 소리는 들리지 않았다.

그만큼 시간이 길게 느껴지는 것인지, 아니면 정말 나의 귀가 굼뜬 건지 헷갈리는 밤.

나는 방울뱀처럼 강가에 움츠려, 혹시 나를 찾아와 줄지 모를 사람을 기다린다.

우리는 어떤 길에서 만나
어떤 방향으로 걷다가
어떤 방식으로 길을 잃으려고,
어떤 표정으로 울고 웃으려고.
벌써부터 서로를 이렇게 그리워하고
벌써부터 서로를 멋대로 상상해보고.

열
받아

"미안해, 그냥 날 욕해."라는 말을 들었다. 나를 상당히 짜증이 나게끔 하는 말이었다.

그 아이는 컵을 든 채로 하늘을 보며 걷고 있었고, 나는 누군가와 전화 통화를 하느라 정신을 반쯤 놓고 있었다. 그 녀석은 나와 부딪히며 진한 커피를 내 흰 셔츠에 넉넉히 부어 버렸다. 옷에 큰 얼룩이 졌다. 나는 뜨거움과 함께 큰 당혹감을 느꼈고, 그래서 아! 라며 큰 비명을 질러 버렸다. 그리고 그 녀석은 말했다. 느리게.

"미안해, 그냥 날 욕해."

난 그 말에 대해 어떻게 반응해야 할지를 한참 생각해야 했다. 보통의 사과는 조금 더 다급한 어조로 하는 것이 맞다. 진심으로 미안하다는 듯이 말이다. 그렇지만 그 녀석의 사과는 너무 느렸고, 게다가 그냥 날 욕해, 라니. 이건 마치 영화의 여주인공이 다른 남자가 생겼으니 그만 헤어지자는 말 다음에 뱉는 대사 같았다.

그래서 또 내가 욕을 해야 하는가? 전적으로 이 여자아이의 잘못도 아니고, 서로의 부주의로 인한 사고에서? 나는 마치 영화 속 이별 선고를 들은 남자 주인공처럼 당혹스러운 표정을 지을 수밖에 없었다.

"싫어. 욕 안 할 거야."라고 반응할 수도 없었고,

"그래. 눈깔 똑바로 뜨고 다녀. 병신 같은 게."라고 반응할 수도 없었다. 그저,

"아— 열 받네."
하고 지나갈 수밖에 없었다.
열 받아. 이 말도 그 녀석이 자주 쓰는 말이었다. 열 받는 일이 뭐가 그렇게 많은지. 아니, 실제로 열이 받긴 한 건지.

그 아이는 자주 '열 받아.'라는 말을 뱉곤 했다. 미술 준비물을 까먹고 집에 두고 왔을 때도, 반 여자아이들의 말다툼에서 어정쩡한 입장으로 휘말렸을 때도, 심지어 저녁 급식의 반찬이 맛이 없을 때도, 느리고 무표정한 모습으로 '아ー 열 받아.' 하였다.

희한했다. 다른 여학생들처럼 작고 귀여운 물건들을 한두 개쯤 가방에 넣고 다니지도 않았고, 가을 무렵 교복 위에 입고 다니는 외투의 색도 짙은 녹색으로 화사한 면모라곤 찾아볼 수 없었다. 도통 무슨 생각을 하는지 알 수 없는 말과 행동을 하곤 하는 녀석이었다. 내 기분이 좋지 않은 날엔, 그녀를 보는 것이 가끔 짜증스러울 때도 있을 정도였다. 어딘가 위태로운 눈매와 걸음걸이가 내 마음조차 위태롭게 만드는 것 같았다.

나는 독서실에 다녔다. 학교를 마치고 독서실에 가, 그날의 복습을 하고 집에 가곤 했다. 집에 도착하면 밤 열두 시 정도였다. 그날도 독서실에서 공부를 하고, 자판기에서 음료수를 한 캔 뽑아 마시며 집으로 가고 있었다. 집에 가는 길엔 작은 공원을 하나 지나야 했는데, 그곳은 우리 학교의 연인들이라든지, 몇몇의 학우들이 이야기를 나누기 위해 모여드는 곳이었다.

그날은 한산했다. 풀 냄새가 퍽 좋았다. 휘파람을 불며 걷고 싶었다. 공원 전체가 내 것 같았다. 그 목소리를 듣기 전까진.

"아……. 열 받아."

그건 그 녀석의 목소리가 분명했다. 그렇지만 '아'라는 음성을 뱉을 때의 발성이 평소와는 조금 달랐다. 원래는 뜬구름을 잡듯, 길고 낮은 포물선을 그리던 '아'는, 그 밤, 강풍에 파닥거리는 나뭇잎처럼 불안하고 큰 떨림이 있는 '아'였다.

걸음을 멈추고 고개를 돌려 본 곳에서, 그 아이를 바로 찾을 순 없었다. 시선을 조금 더 아래로 내렸을 때, 쪼그려 앉아 있는 그 녀석을 볼 수 있었다. 그 여자아이는 작은 새처럼 앉아있었다. 비에 쫄딱 젖어, 날지 못하는 새처럼 쪼그려 앉아, 담배를 피우고 있었다.

'오늘은 뭐가 널 열 받게 한 거냐.'라고 속으로 물었다.

숙제를 안 해서 혼이 난 게 열 받는 건지, 급식 반찬이 오늘도 별로였는지, 내가 아닌 다른 사람의 옷에 또 무엇을 쏟은 건지.

그렇지만 말해 두건대, 그 날의 그 아이는 보기에 짜증나지 않았다. 평소보다 더 흔들흔들거리는 눈매가, 연기를 얌전하게 내뿜는 입술이, 전혀 열 받지 않은 것처럼 보이는 고운 눈썹이, 어쩐지 아름답게 위태로워 보였다. 서 있는 곳이 공원이 아닌 절벽이라고 해도 믿을 정도로, 그 아이는 위태롭게 앉아 있었다.

그 밤부터였다. 나에게 '아— 열 받아.' 라는 말버릇이 생긴 것도, 그 아이를 안고 싶다고 생각한 것도, 그 아이와 흔들흔들 걷는 꿈을 꾸기 시작한 것도.

나는 뭐든 위태로운 게 좋아요.
아파 보일 정도로 얇은 두 다리,
아찔할 정도로 흐트러진 앞머리,
느리고도 하늘하늘한 걸음걸이,
그러니까 당신의 그런 것들이.

그래도
돼요

●

혹시 담배를 피우시나요?

이런 말, 조금 무례하게 들릴 수도 있지만, 당신은 정말 담배가 잘 어울리는 여자예요.

글쎄, 몇 번 만나본 적도 없는 것이 사실이지만, 나는 그간 종종 당신의 손가락을 생각했어요, 밤이면 말이에요. 기껏해야 담배보다 조금 더 굵을 뿐인 아름다운 손가락들 사이로 담배가 끼워져 있는 거예요.

당신, 지금 약간 표정을 구기는 게 보이지만요, 어쩔 수 없어요. 저는 그 모습이 정말 아름다울 것으로 생각했거든요.

연기는 나풀나풀 정처 없이 떠나가고-.

우리는 형편없는 호프집에 마주 앉아 있습니다. 마침 저쪽 테이블의 할머니 한 분이 담배를 태우시네요. 그리고 이내 당신도 회색 손가방에서 담배를 꺼내고 있고요. 어떻게 알았냐고요. 아니, 저는 다만 멋대로 당신의 그런 모습을 상상했을 뿐입니다. 역시, 상상했던 것보다 더욱 아름다운 손입니다.

연기는 나풀나풀 정처 없이 떠나가고-.

커피숍이나 술집이 어째서 금연구역이 돼 버린 걸까요, 역시 세상은 망해가는 겁니까. 그런 규제들, 콱 없어져 버렸으면.

보이시나요, 그런 기적처럼 멋진 모습 앞에선, 저도 어쩔 수 없이 반(反)정부주의자가 돼 버리는 것이요.

귀에 거슬리는 물음표로 아늑한 분위기를 망치고 싶지 않아, 저는 옛날 사람처럼 나긋하게 -나요, -나요. 하며 질문들을 이어 갈 뿐입니다.

야윈 몸에 비해선 다소 펑퍼짐한 코트를 입으셨어요. 저는 그것을 벗기고, 멋대로 나의 코트를 입히는 상상을 합니다. 이상해져 버린 걸까요. 언젠가 읽은 소설을 기억합니다. 그 소설엔 온통 은밀한 밤의 이야기들뿐이어서, 나는 그 소설가의 머릿속은 분명 욕망들로 가득 차 있을 것이라 확신했었어요. 오늘은 소설가가 되어 봅니다. 오늘만큼은 몰입할 수 있을 것 같습니다.

담배를 한 대 더 피워 주세요.

허름한 술집엔 정부의 단속이 드물어요.

담배를 한 대 더 피워 주세요.

당신이 이름 모를 팝에 맞춰 고개를 까딱일 때, 나는 갈라
진 앞머리에 무너지고 맙니다.

담배를 한 대 더 피워 주세요.

우리는 일일이 따질 수 없을 정도로 철저히 다른 사람인지도 몰라요.
그렇지만 사람이란 생각하는 대로만 느끼려 하는 참 멍청한 존재라서,
그대가 멀어질 때면, 그리고 그 모습이 내 손톱보다도 작아졌을 때면,
나는 또 우리가 제법 닮은 것도 같다고 생각하게 되는 거예요.
달려가 껴안아도 될 것 같은 거야. 나처럼 외로워 보이는 거야.

닮은
외로움

계절을 불문, 이른 새벽이면 자전거를 타러 집을 나선다. 누군가는 '젊은 청년이 몸 관리에도 부지런하네.'라고 생각할 수도 있었겠지만, 나는 딱히 몸을 생각하거나 해서 자전거를 타는 것이 아니었다. 언젠가부터 깊은 잠을 자는 것이 힘들어졌고, 멀뚱거리며 누워 있기보단 바깥의 것들을 보는 게 낫겠다고 생각했을 뿐.

여름이건 겨울이건 일단 계절이 한번 굳어지고 나면 날씨는 좀처럼 변하지 않았다. 무척 덥거나 혹은 무척 춥거나였다. 시린 공기가 손을 감싸고, 나는 그것에 반항이라도 하듯 핸들을 더 꽉 쥐었다. 시야의 양옆으론 아침의 것들이 휙휙 지나간다. 떠돌이 고양이와 개들, 거리의 쓰레기들을 치우고 있는 미화원의 쓸쓸한 뒷모습, 퇴폐업소의 빨갛고 파란 전단

들까지.

나는 자전거를 탈 때면 내 신체의 템포에 맞춰 페달링의 세기를 조절하곤 했다. 천천히 밟는 것에서 맹렬히 밟는 것으로, 맹렬히 밟다가도 잠시 멈춰 어딘가에 앉아서 쉬곤 했던 것. 그러다 보면 내 주변의 것들은 느리다가도 빨랐고, 빠르다가도 멈추는 모양새였다. 그럼 나는 내 주변으로 여러 공전 운동을 하는 행성들을 둔 항성이라도 된 것처럼, 흔들리지 않는 편안한 마음을 지니게 될 수 있었다. 그때쯤이면 부족한 잠으로 인한 피로감 역시 말끔히 날아가고 없었다.

몸을 순차적으로 움직이고 마음이 편안한 상태가 되면, 나는 나와 관련된 모든 것에 대해 차분히 생각할 수 있었다. 그것은 하루를 올바른 템포로 살아갈 수 있도록 하는 내 나름의 워밍업이었다. 생각하는 것은 시기와 계절에 따라 천차만별이었다. 오늘 공부해야 할 것, 오늘 처리해야 할 일, 끼니는 어떻게 해결하면 좋을지에서부터 언젠가 해외여행을 떠나게 된다면 어디를 가장 먼저 가고 싶은지까지.

오늘은 아침에 자전거를 타면서는 너를 생각했다. 어제도 마찬가지였지만. 아니, 사실 요 며칠 전부터 계속 말이다. 너의 그 복잡한 캐릭터에 대해서. 생각을 통해 풀어내려고 하면 점점 더 복잡해지는 불가사의한 존재에 관해서.

"……도 좋아하구요, 독서도 좋아하고, 아이쇼핑하는 것을 가장 좋아하고, 아, 자전거를 타는 것도 조금 좋아하긴 합니다."라고 말했던가. 처음 너를 알게 됐을 때를 추억한다. 스터디 그룹에 새로운 회원이 몇 명 들어왔던 날이었다. 그날, 나는 자전거를 타는 것이 취미라는(물론 가장 좋아하는 취미는 아니었지만) 너의 말을 듣고는 같은 취미를 공유하고 있다는 묘한 동질감에 너를 얼마간 흥미롭게 봤었던 것 같다. 다음 날엔 자전거를 타며, '혹 그 아이도 지금 자전거를 타고 있진 않을까.' 하는 상상도 했었다.

외로운 사람은 외로운 사람을 알아보는 법이다. 나는 그 '공부를 목적으로 한 모임'에서, 딱 그만큼의, 학술적인 활동에 필요한 말과 행동만을 하는 사람이었고, 불필요한 회식이나 사교 활동이 있으면 슬쩍 자리를 피하곤 했었다. 그리고 마찬가지로 그날 역시, 새로운 회원이 몇 명 가입한 '환영회'를 목적으로 사교적인 활동이 벌어지려 하는 것 같았다. 나는 최대한 머리를 회전시켜 자리를 나설 변명거리를 만들어 내고 있었다. 그리고 그날은 나보다 먼저 선수를 치는 사람이 있었다. 너였다.

"죄송하지만, 선약이 있어서요. 제가 주인공인 자리라 시간을 더 지체할 수가 없네요. 환영해 주시는 마음, 감사히 받겠습니다."

너는 정말로 미안한 표정과 목소리로 그렇게 말하곤 재빨리 그곳에서 없어졌다. 나는 얼마간을 더 머리를 회전시키고 나서야 그곳을 나설 수 있었다. 시끄러운 자리는 딱 질색이었다. 집으로 향하는 길, 나는 제때 끼니를 챙겼음에도 몰려오는 알 수 없는 배고픔에 경로를 틀어야만 했다. 주변에 있는 백화점의 푸드코트에선 괜찮은 가격에 초밥을 먹을 수 있었다.

그리고 거기에 네가 있었다. 너는 혼자 백화점의 이곳저곳을 거닐며 아이쇼핑을 하고 있었다. 자신이 주인공인 약속 자리에 가야 한다던 사람이 아이쇼핑이라니. 나는 나답지 않게도 호기심이 생겨 주변을 두리번거리는 네게 다가갔다.

"선약이 있다더니, 여기에서 아이쇼핑을 하고 계시네요."

아차, 나는 그렇게 말하곤 나의 어투가 조금은 공격적이거나 질책을 하는 뉘앙스가 아니었나 하고 난처한 표정을 지었다. 그렇지만 너는

"앗, 들켰네요. 사실 저는 왁자지껄한 분위기는 딱 질색이라서요. 그러는 회원님도 환영회에는 참석하지 않으신 거로 보이네요?"라고 꽤 당돌한 표정을 지으며 말하는 것이었다. 나는 그 호기롭다고 할까, 솔직하다고 해야 할지 모를 대답에 넋을 잃어, 나도 시끄러운 건 딱 질색이라서요. 그렇게 대답할 수밖에 없었다. 쓸쓸하게 웃는 너의 그 눈동자가 나의 것과 조금 닮은 것 같다고 생각했다. 그리고 또 생각했다. 이 사람도 외로운 사람이구나.

그리고 그때부터였다. 내가 아침마다 자전거를 타며 너를 생각하게 된 것. 매일은 아니더라도 종종 아이쇼핑을 해 보게 된 것. '편안한 혼자'는 정말로 편안한지에 대해, 그리고 '불편한 함께'는 정녕 '편안한 함께'가 될 수는 없는 건지에 대해서. 너는 어떻게 생각하는지에 대해서.

일곱 시가 다가오고, 게으른 여름의 해도 떠올라 아침은 활기를 띠기 시작한다. 오늘은 모임이 있는 날이다. 반드시 너를 볼 수 있는 날이다. 나는 심장이 뛰는 것처럼 느리고도 빠르게 페달을 밟으며 여전히 너를 생각한다. 퇴근시간대를 맞아 분주한 백화점에서, 우연을 가장해 너와 다시 둘일 수 있을지를 기대해 보는 것이다.

네 덕분에 나만 외로운 게 아니라는 생각을 할 수 있었고, 이상하게도 외로움이 덜해졌다. 네가 보고 싶다.

바다가 보고 싶어 무작정 움직였던 밤,
때마침 해변에 바닷물은 빠지고 없었고
나는 물이 빠진 갯벌에 서서
저 멀리의 바다를 하염없이 바라봐야만 했었다.
줄곧 물이 빠진 갯벌이었는데
정신을 차리니 바다는 무릎쯤까지 채워져 있었다.
사랑이었나 보다.

비

잠에서 깨어났을 땐, '부스스' 비슷한 소리와 함께였다. 물방울들이 1층의 드럼통과 건물의 스테인리스 배수관을 두드리는 소리들. 편성된 프로그램들을 모두 방영한 후의 TV 채널이 내는 노이즈 소리와 닮아 있었다.

그는 매일의 아침마다 그래 왔듯, 투명한 컵에 물을 따라 마셨다. 테라스의 창문을 열고 나니 그 소리들이 한결 더 잘 들려왔다. 기분 탓인지, 마시는 물에서도 비릿한 냄새가 나는 것만 같았다.

이틀째 내리는 요란스런 비였다. H는 방 한구석에 서서, 밖에 내리는 비를 바라보는 행위를 자주 즐겼다. 그리고 골똘히 생각했다. 저것은 분명 일과를 하러 나가는 데에 있어선 번거로운 기상 현상이다.

바라보는 건 좋지만, 막상 뛰어들기엔 번거로웠다. 사랑 같았다. 아침에 어울리는, 가벼운 사색은 아니었다. 그래도 사랑 같았다. 그리고 사랑, 하고 입술을 열어 끔뻑이니, 누군가가 잠시 스쳐 지나가는 것 같기도 했다.

"좋은 아침입니다……. 날씨 좋지요……."

글쎄, 사람들은 좀처럼 날씨에 어울리는 인사말을 찾지 못했다. 다만,

"비가 오네요."

처럼, 현상의 있는 그대로를 물고기처럼 바보 같이 말할 뿐이었다.

그리고 그건 H 역시 마찬가지였다. 일자리의 동료들에게 몇 번이고, 안녕하세요, 비가 다 오네요, 하하…….

바보 같은 아침 인사말이 질릴 때쯤, 그리고 그의 기준에서 친하다고 생각되는 사람들에겐 '비 오는 날'에 관한 이야기를 한두 마디 더 덧붙였다. 비 오는 날을 좋아하세요. 그렇게 묻고 나면, 돌아오는 대답들은 흥미롭고 다양했다.

"맞는 것은 좋아하지 않는데요, 실내에 앉아서 보는 건 좋아합니다."

"내리는 건 싫어하는데요, 그친 후의 냄새는 좋아합니다."

그래서 결국 비가 좋다는 건지 싫다는 건지는 확실히 알 수 없었으나, H에겐 그 대답들 각각이 흥미롭게 들려왔다. 아닌 게 아니라 그들은 연애관 따위에 대해서 말을 할 때처럼 진지한 표정들이었기 때문에. 그래서 그것은 그의 '망상 중추'를 통해 변형되어,

"사랑을 하는 것은 좋아하지 않는데요, 남의 사랑 이야기를 듣는 건 좋아합니다."라던가,

"사랑에 빠지는 건 싫어하는데요, 끝난 후의 추억에 빠지는 건 좋아합니다."와 같은 식으로 다가왔다. 재밌는 망상이었다.

악천후와는 별개로, 실내의 업무 흐름들은 아랑곳없이 흘렀다. 오전의 일자리는 마치, 점심시간이라는 목적지를 향해 미친 듯이 달리는 열차의 객실 같았다. 그리고 점심밥 역시

전투적으로 해치우고 나서야, 열차의 승객들은 창밖을 보며 약간의 낭만에 빠져들 수 있었다.

여전히 비는 요란했다. 이번엔 누군가가 H에게 물어왔다. 그런데 H 씨는 비 오는 날을 좋아하세요.

대찬 바람이 불었는지, 빗방울이 창문을 후드득 때리는 소리가 들렸다. 그리고 H는 자신도 모르게

"좋아합니다, 아주 많이."라고 대답했다. 어딘지 모르게 이상한 답변이었다. 그것은 질문자에게

"사랑에 몹시 빠져 있는 상태입니다."라고 들렸으려나. 다행히 동료는 '흐응─' 하고 듣는 둥 마는 둥 지나갔다.

아니, 사실 다행도 아니었다. 굳이 변명할 생각도 없었다. 사랑에 몹시 빠져 있다는 말에 대하여. 그것은 '어느새' 사실이었다. 사랑에 빠지는 것은 조용히 적셔 드는 비처럼 '어느 사이'였다.

가끔, 아니 자주, 아니 거의 항상 생각나는 사람이 있었다. 그 사람에 대한 생각들은 수분기가 많은 날이면 더욱 짙어져

서, 잠에서 깨어나고 나면 슥 하고 스쳐 지나가곤 했다. 그런 날이면 H는 시시콜콜한 메시지들을 그녀에게 보내곤 했다. '비 오는 날에 먹는 소시지 빵이 더 맛있대. 바닷물에 합쳐지는 빗물이 더 많을까, 아니면 말라 버리는 빗물이 더 많을까.' 따위의.

H의 엉뚱한 생각처럼 비가 사랑과 닮았다면, 그녀는 요란한 비였다. 거센 바람을 동반해 가로로 내리어 얼굴을 쳐대는 매서운 비였다. 금세 흠뻑 젖어 버릴 만큼 농도가 짙어서, 뛰어들 엄두도 나지 않는 비였다.

H의 '망상 중추'는 어느새 아득하리만치 바삐 돌아가고 있었다. 특단의 조치가 필요했고 그는 전화기를 뽑아 들었다. 양철 지붕을 두드리는 빗방울처럼, 경쾌하게 타자를 두드렸다.

"비 오는 날을 좋아해?"

마치 '나랑 사랑하고 싶지 않아?'라고 말을 하는 것만 같은 긴장이 일었다. 그에 맞추어 갈비뼈 언저리에선 천둥 같은 고동이 우루루룽 하고 일었다. 뒤이어 메시지 도착 신호음도 울렸다.

"좋아하지, 아주 많이."

이틀째의 요란스러운 비였다. 사랑 같은.

온몸으로 맞고 나면 한동안은 열이 오르고 콜록댈 수도 있
는 무거운 비였다. 그렇지만 이젠 아무래도 상관없었다.

내가 한 발을 내디디면
그쪽은 한 발을 뒤로 빼고,
그쪽이 내디디면 내가 빼는
뻔하고도 재미없는 우리 사이의 춤.
우리, 가끔은 엉망진창이 되어도 좋지 않겠어요?
해프닝이 없으면 웃음은 터져 나오지 않아요.
한 번쯤은 일부러 그 발을 뻗어,
장난스럽게 내 발을 밟아주셔도 좋은데.

AM

밤 열두 시, 우리는 숲길의 입구에서 한참을 맴돌고 있습니다.

그리고 나는 문득 언젠가 알몸으로 거리를 거니는 사람들을 봤었던 걸 떠올려요. 지금도 그들이 제정신은 아니었다고 생각하지만, 이제 그들을 조금 이해할 수도 있을 것 같아요. 아니, 차라리 가끔은 알몸이 나을 것 같다고 생각해요.

당신은 나의 어떤 껍데기를 보고 내게 왔나요? 따뜻한 톤의 셔츠를 입었다고, 달콤한 향수를 뿌렸다고 내가 따뜻하거나 달콤한 사람일 거라고 생각하셨는지요. 바른대로 말하세요. 우리가 알게 된 지는 며칠도 채 되지 않았지만, 그래서 무례한 나는 이런 식으로밖에 말을 못하지만, 그래도 나는 그쪽이 내게서 도대체 뭘 원하는지를 알아야겠어요.

겁에 떠나요, 어깨가 바들거리네요. 그래요. 나는 사실 태생적으로 날카로운 사람이라, 말투와 눈빛만으로도 당신의 피부와 눈을 말릴 수 있어요.

말이라고 해요, 뻑뻑해진 눈으로 눈물을 흘려도 건네줄 휴지 따윈 없죠. 오늘은 술을 하지 않았지만, 오래 묵힌 술 냄새를 풍길까 봐 위로의 말도 건네기 싫습니다.

기껏 공원의 입구까지 와서 뒤돌아 떠나가신대도 할 말은 없습니다. 나는 로맨틱하지도 않거니와 떠나는 사람의 팔을 잡는 법을 모르거든요. 다정한 사람과의 사랑을 해 보셨나요. 그들이 당신을 어르고 달랬던 때처럼 사려 깊게 당신의 팔을 잡는 법을 나는 모릅니다. 나의 손은 억세고 커서, 당신의 뼈를 아프게 잡을 줄만 압니다. 내 마음이야 어떻든 당신은 내게서 언제든 도망칠 수 있다고 말하고 있는 겁니다.

그렇지만 만약 당신이 몇 발자국을 걸어가다가도 갑자기 뒤돌아서 다시 다가와 준다면, 그때엔 무슨 표정을 지어야 할지도 나는 잘 모릅니다.

늦은 밤, 우리는 공원의 입구를 맴돌고 있습니다.

우리 각자에게 어떤 머뭇거림들이 있는지 서로에게 말해볼까요. 나는 들짐승처럼 과격하고 멍청해서 잘은 모르겠지만, 그쪽이 내게서 무언가를 원한다는 것쯤은 알겠습니다. 혹시 세상의 여러 것들이 나보다도 더 두려운 건가요. 만약 그런 거라면 그 한 몸쯤은 품어서 가려줄 수도 있을 것 같습니다. 투박한 몸뚱이도 괜찮다면요.

나 역시도 그대에게서 무언가를 원하고 있습니다. 사실은 이상할 정도로 나의 면면들과 닮으셨거든요. 당신으로부터 내 모습들을 더 보고 싶은 거예요. 지금도 바들바들 떠는 그 어깨로부터 나를 봅니다. 나의 팔을 벌려 나를 안을 순 없으니, 묘하게 나를 닮은 당신을 안아야지 않겠어요. 나는 사실 그대만큼이나 약하고 추위를 많이 탑니다.

이제껏 모두가 질색하며 날 떠나갔습니다. 그래서 부탁하건대, '너는 대체 누구냐'며 소리쳐서 묻지 말아요. 나는 그런 표정들을 볼 때면 더더욱 누구도 되고 싶지 않아요. 더구나 나와 비슷한 얼굴을 가진 당신에게서 그런 말을 들으면 더욱 끔찍할 거고요.

새벽 공원의 입구에는 이제 우리 둘뿐입니다.

나 스스로도 퍽 싫어하는 목소리로 말합니다. 이걸 아껴서 들어줘요. 날 때부터 차가웠던 시선으로 그 작은 몸을 봅니다. 피하지 말아 줘요.

　그리고 괜찮다면 괜찮다고 대답해요. 괜찮다고.

　나와 같이 걸어줄 수 있다고 말해요. 나도 다른 두려움들로부터 그 몸을 가려 줄게요.

거울 속의 얼굴이 마음에 들지 않아
아무리 눈살을 찌푸리고 신경질을 내도
얼굴은 더 구겨지기만 할 뿐, 나아지지 않았습니다.
나 자신이 유난히도 가여웠던 어느 밤
나는 내 모습을 조금 더 아껴주기로 했습니다.
나를 똑 닮아 곳곳이 모나고도 완만한 그대를 봅니다.
나는 언젠가부터 거울 속의 나에게 그러하듯
그 모습을 아껴야겠다고 생각해 봅니다.

미술
시간

학교라는 곳의 대기를 잘 분석해 보면, 수천, 어쩌면 수만 가지의 냄새들이 섞여 있을 것이다. 급식실의 조미료 냄새, 분필과 나무 책상의 냄새, 어쩌면 몰래 피운 담배의 냄새 같은 것들도.

친구들은 피자집 앞의 냄새를, 또 다른 친구는 지하주차장의 냄새를 좋아했다. 그리고 그는 학교 미술실의 냄새를 좋아했다. 수돗물을 오렌지색 물감 위에 발랐을 때, 색채처럼 퍼지던 물감의 알싸한 향을 처음 맡았던 때를 아직도 기억한다. 미술 시간이 끝났을 때, 팔레트와 물통을 헹궈 내는 장소에는 물감 냄새가 진동을 했다. 보라색과 분홍색, 노란색들이 모두 씻겨 내려가며 검게 합쳐졌다. 검은 물을 보며, 어쩌면 우주도 이렇게 모든 것이 섞여서 검게 퍼져 나가고 있는 건지도 모른다는 생각을 했다.

실로 학교는 그의 우주였다. 그는 누구보다도 학교에 일찍 왔다. 학교 안의 고요함은 굉장히 신비롭게 느껴졌다. 새벽 여섯 시. 그는 학교 맨 위층의 체육관에 누워 그 신비로움과 공간감을 마음껏 만끽했다. 두 시간 정도만 지나도 이곳은 운동부원들의 기합 소리로 떠들썩해질 것이다. 그것이 지금 느끼는 고요함을 더욱 소중하게 여기도록 해 주었다.

학교의 야간 자율 학습이 다 끝나고 나면, 그는 누구보다도 늦게까지 학교에 남아, 하나하나씩 꺼지는 학교의 전등을 불꽃놀이처럼 바라보곤 했다. 무언가가 있기 전의, 또는 무언가가 떠나고 난 후의 고요함이 그는 참 좋았다.

그녀와 가끔 몇 마디의 대화를 나눌 수 있게 된 것도 미술 시간 덕분이었다. 그날 그림의 주제로는 '우주'라는 소재가 주어졌었다.

고등학생 수준의 그림들로는 전혀 보이지 않는 그림들이 그려지기 시작했다. 누군가는 화성처럼 빨간 행성에 토성의 고리를 그려(화성에는 고리가 없다), 그것이 무슨 천체인지를 알아볼 수가 없었다. 미술실 안의 학생들은 모두 검은 물감만으로 우주를 표현했다.

그렇지만 그와 그녀는 달랐다. 그는 여러 색의 물감을 팔레트 한가운데에서 섞어가며 우주의 색을 만들었다. 검은색들의 향연에 진절머리를 치며 주변을 둘러보기 시작했을 때, 그는 자신과 비슷하게 어두운색을 만들고 있는 그녀를 발견했다. 옆에서 봤을 때 곧게 내려오는 코의 선이 유독 고요해 보였다. 그녀의 우주 그림처럼 고요하게 아름다운 얼굴이었다. 그는 그때부터 그녀가 낙서를 하고 버린 종이들을 몰래몰래 모으기 시작했다.

둘은 종종 해 뜰 무렵의 학교와, 한밤중의 학교에서 만남을 가졌다. 그는 아무도 찾지 않고, 아무도 필요 없었던 그만의 우주로 그녀를 들였다. 그래도 그녀는 그 세계를 해치려 들지 않았다. 고요한 사람이었다. 좋았다.

아무도 찾아들지 않는 토요일 해 질 무렵의 학교에선, 누구를 위해서인지, 누가 틀었는지 모를 피아노곡이 교내 스피커를 통해 울려 퍼졌다. 그와 그녀는 그런 토요일이면 사복을 입고 만나, 운동장의 스탠드에 앉아 이런저런 이야기를 나눴다. 여러 취향들과 그림, 그리고 둘의 미래에 대해.

"언젠가 어른이 되어서 우리가 그때도 만날 수 있다면, 이

캔 커피 대신 캔 맥주를 같이 마시자."

적어도 두 바퀴는 더 빙 둘러서 말한, 전혀 멋지지 않은 소년의 고백에, 그녀는 아는지 모르는지 모를 고요한 미소를 주었다.

아무에게도 미리 알리지 않은 그녀의 갑작스러운 전학 소식에 소년은 누구보다도 낙담했다. 다른 사람들에게는 아니었어도 자신에게만큼은 말할 수 있는 것이었다. 떠나야 하는 이유라도. 마음속에 검은 물감만이 쏟아지듯 화가 났다. 평화로움으로 가득했던 새벽 여섯 시의 체육관에는 가끔 크게 외치는 욕들이 가득 찼다.

졸업식의 아침, 그는 그녀의 낙서들을 미술실의 벽면에 걸었다. 미술실의 벽에 걸려 있던 액자들에서 선배들의 그림을 하나하나 꺼냈다. 그리곤 그녀의 낙서들로 그것들을 채웠다. 나름의 두 번째 고백이었다. 대답은 고요하기 짝이 없었다.

졸업을 하고 어른이 된 후에도, 그는 만날 사람이 없다는 핑계로, 바쁘지 않다는 핑계로 주말마다 그의 우주 '였던' 곳

을 찾았다. 누구를 향한 음악인지, 여전히 미스터리인 토요
일의 피아노곡은 그녀와 그가 떠난 학교에 남아 고요하게 흘
러 주었다.

그는 오늘도 맥주 두 캔이 담긴 검은 봉지를 느리게 휙휙
흔들며 걷는다. 검은 봉지에선 물감 냄새가 나는 것 같다.
둘이 캔 커피를 마시곤 했던 스탠드의 구석을 바라봤다.
누군가가 먼저 앉아 무언가를 마시는 행동을 하고 있다.

그리고 어느새 남자는 다시 소년이 되어, 고요하게 두근거
리기 시작하는 심장을 느꼈다.
미술 시간의 냄새였다.

우리는 똑같이 외로운 존재,
우리에겐 똑같이 낭만이 없었고
소리를 내도 돌아봐 주는 사람이 없었고
침대에서의 뒤척임을 안아 주는 존재가 없었다.
우리는 똑같이 외로운 존재,
함께 외로울 수 있어서
어쩌면 함께가 될 수도 있는 존재들.

외로움에
관하여

●

'외로움' 은 무엇이냐고요, 방금 제게 그렇게 물으셨나요?

글쎄요, 과연 제가 외로움이란 녀석을 완벽히 파악하고, 그를 완벽히 극복한 사람이라면 모르겠지만, 저는 사실 아무것도 아니어서, 다만

"잘 모르겠습니다."라고 소리를 내어 말할 뿐입니다. 정말로 모르겠거든요, 외로움이라는 것에 대해서.

아, 만약 외로움이라는 것이 정말로 단순한 녀석이고, 쉽게 사라져 줄 만큼 온순했다면, 그때는 제가 쉽게 알려 드릴수 있었을까요. 저는 정말 모르겠습니다.

비밀인데, 저의 이 큰 몸뚱이에도 외로움이라는 게 그득그득 차 있거든요. 어찌 보면 외로움이라는 건, 나 자체라고 할

수도 있겠어요.

웃는 것이 정말 예쁘시네요. 오늘 하루, 걷는 동안 몇 번이고 들었던 봄의 노래들과 참 잘 어울릴 만큼이요. 다만 나는

"날씨가 참 좋죠."라고 말하였습니다. 제 말과 마음, 과연 이해하셨을지 저는 모르겠습니다. 웃는 것이 정말 예쁘다고 말하고 싶었는데 말이에요.

외로움이 가득 찬 제 몸의 장기들은, 늘 활발히 운동하거든요. 그것들은 외로움이라는 것을 잘 숙성시켜, '겁'이라는 트림으로 내뿜어대곤 합니다. 잘 익은 외로움은 사람을 작고 약하게 만들어, 아직 떠나지도 않은 사람에 대해 혹여 떠나가진 않을까 미리 걱정을 하게끔 합니다.

당신을 향한 내 마음 역시 마찬가지여요. 웃는 것이 정말 예쁘시네요. 다만 나는 당신께 날씨가 참 좋지 않으냐고 물을 뿐입니다. 당신이 날 떠나갈까 싶어서요. 날씨가 참 좋지요.

글쎄, 모르겠습니다. 언제부터 제가 외로움이라는 물질을 '과다 복용' 하였는지는 말입니다. 알아챘을 때는 각종 부작용이 눈에 띄도록 나타난 후였습니다.

흔한 부작용으로는, 방금 말씀드린 겁, 그리고 자기혐오, 신경질적 화학 반응 등이 있습니다. 쉽게 말해 저는 당신과의 관계에서 이미 겁을 잔뜩 먹은 상태에다, 저 자신을 상상 이상으로 혐오하고 있고, 언젠간 당신에게 상처를 줄 수도 있으리라 걱정하고 있다는 말씀이어요. 그렇지만 다만 나는

"피자와 영화요? 그러시구나, 저는 그런 취향이 아닌데." 라고 잡아뗄 뿐입니다. 저도 당신처럼 식은 피자와, '그랜드 부다페스트 호텔' 이라는 영화를 좋아하는데 말이에요.

'사무적인 대화'를 하려 노력하는 이 와중에도, 당신 머리 건너편의 유리창은 못난 저의 얼굴을 비춥니다. 아아, 외로움의 부작용이 덧나기 시작한 걸까요.

방금 저에게 무엇을 물어보셨죠. 아아, 외로움이라는 게 대체 무엇이냐고요.

글쎄요, 들으셨을리 만무하지만, 저는 아무것도 모르겠습니다. 이미 저는 그 녀석에게 덥석 잡아 먹혀 버렸는걸요.

나와 일상적인 대화를 하고 있는 지금, 당신의 얼굴에 그늘이 드리워지는 것은, 아마도 녀석이 당신의 안에도 차츰 들어차기 시작했다는 뜻이겠지요.

나는 당신을 안고, 입을 맞춰, 그 녀석을 한껏 빨아들이고
만 싶습니다. 그렇지만 말했듯, 저는 '외로움 그 자체'여서,
다만

"무슨 좋지 않은 일이 있으신가요?"라며, 딱딱한 염려를
건넬 뿐입니다. 이런, 나 자신이 정말 형편없군요. 아아, 역시
나 외로움의 부작용이 더더욱 덧나기 시작한 걸까요.

그렇지만, 참말로 몰랐습니다. 외로움이라는 것, 해 봤자
마음의 병인 술로만 알았는데.
그런데, 물리적인 질환으로까지 나타나는 것이었던가요.
눈앞이 흐릿흐릿합니다. 이것은 아마도 시력의 감퇴, 저 멀
리의 유리창 속에만 맺혀 있던 제 얼굴이 당신의 얼굴 위로
겹쳐집니다. 저랑 참 많이 닮은 얼굴입니다. 저랑 닮으셨군
요. 저는

"저와 닮으셨군요."라고 말해 버렸습니다. 죄송합니다.

알 수 없는 표정은 기쁨의 표정입니까, 그게 아니면 불쾌
함의 표현입니까. 저는 당신이 나와 닮은 것만 같은데 말입니

다. 당신이 저와 같기를 바랍니다, 솔직히 말씀드리자면 말입니다.

다시 말씀드립니다. '외로움 과다 복용'의 부작용 말입니다. 겁, 자기혐오, 신경질적 화학반응. 언젠간 당신이 내게 겁을 먹고, 당신 스스로를 미워하고, 내게 상처를 줄 수도 있다는 말입니다.

그렇지만 나는 기꺼이 그를 받아들이고만 싶습니다. 지금, 나는 입 밖으로 소리를 내어 말하려 합니다. 그래도 괜찮으시다면, 우리 함께 외로워하는 게 어떻겠냐고. 그리고 얼른 와서 나를 좀 안아 달라고.

부디 그래 주시라고.

딱 거기까지, 지금 서 계신 곳이 선입니다.
그 이상은 넘어와서 보셔도 썩 좋은 구경거리는 없을 거예요.
내 볼만한 면면은 딱 거기까지, 이쪽으로는 감추고픈 것들뿐.
그렇지만 쉽게 도망치실 생각이 아니시라면,
나도 용기 내볼게요, 보여 드릴게요.
넘어오셔도 좋아요.

기대는 원래
이기적이에요

수민이 언뜻 정신을 차렸을 때, 강의실은 어수선한 분위기로 가득했다. 교수는 바로 얼마 전에 할 말을 마친 듯 핀 마이크를 정리하고 있었고, 강의실 안의 학생들은 저마다 잡담을 나누거나 묵묵히 필통과 교재들을 가방에 집어넣고 있었다. 잠깐 존 것 같았다. 내려다본 노트에는 알아볼 수 없는 글자들이 흐물흐물 적혀 있었다.

'큰일이네. 저 교수님은 수업이 마무리될 때쯤에 중요한 학사 일정을 알려 주곤 했는데. 더군다나 이 강의는 나 혼자 듣는 독강이고.'

하지만 회계학 강의를 담당하는 그 교수는 이미 따분하기로 학과 내에 정평이 나 있었고, 주변 학생들의 빨갛거나 몽롱한 눈초리를 보아하니 자신만 잠에 시달린 게 아닌 것 같았다. 어쩔 수 없었다. 교내 커뮤니티에는 그 강의와 관련된 정보들이 종종 올라오곤 했으니, 조만간 커뮤니티를 통해 소식을 접하는 수밖에 없었다. 그녀는 주변의 모르는 사람을 붙들고 무언가를 물어볼 정도로 넉살이 좋은 사람도 아니었다. 천천히 책가방을 꾸리다 보니 강의실 안은 어느새 횅하게 비워지고 있었다. 점심시간이었다. 동시에 수민의 배에서도 꾸르륵거리는 소리가 들려왔다.

수민이 강의실을 나서려 했을 때, 한 남자의 목소리가 수민을 불러 세웠다.

"저기, 수민씨. 오늘 잠깐 조시는 것 같던데."

회계학 강의를 같이 듣는 학생이었다. 그가 수민에게 말을 거는 건 이번이 처음이 아니었다. 얼마 전 그는 수민에게 자신의 이름은 '성희'이고, 공과 전공이지만 회계 분야에도 흥미가 있어 이 수업을 듣게 됐다고 자신을 소개했다. 수민은 그때 낯선 남자가 말을 걸어온 것에 가장 먼저 경계의 자세를 취해야만 했다.

"무슨 일이신데요?"

남자는 수민의 무심한 옷차림과 묘한 분위기에 이끌려 자신도 모르게 말을 걸게 됐다고 말했다. 수민은 그것이 남자들의 뻔한 작업 멘트라고 여겨, 차갑게 남자를 밀어내고 자리를 나섰었다. 쌍꺼풀이 없이 심심한 눈, 어중간한 머리카락의 길이, 살짝 꺾인 코와 입고 있는 운동화마저도 보기 싫어지는 순간이었다. 그리고 그는 이번에도 수민을 불러 세운 것이었다.

"아, 죄송해요. 뭐든 다 죄송하고요, 제가 지금은 약속 장소에 좀 가봐야 해서."

수민은 그렇게 말하곤 뒤도 돌아보지 않고 학생 식당으로 향했다. 구석에 자리를 잡고 값싼 끼니를 때웠다. 왁자지껄한 분위기가 이명처럼 감돌고 있었다. 건너편에는 연인으로 보이는 남녀가 음식 두 가지를 나눠서 먹고 있었다. 날카로운 웃음소리가 터져 나오는 곳으로 고개를 돌리니 그곳에는 네다섯 명의 여학생이 앉아 요란스럽게 식사를 하고 있었다. 화사한 옷차림, 그리고 입을 가리며 예쁘게 웃는 모습들을 보아하니, 아마 그녀들은 갓 대학에 입학한 것으로 보였다. 3학년이 끝나가는 시점의 그녀와는 많은 것들이 달라 보였다.

물론 수민에게도 그와 같은 시간들이 있었다. 지금도 젊지만, 그야말로 청춘이 생동했던 시간. 옷차림의 색깔과 온도도 지금보다 조금 더 다채롭고 화려했던 때. 친구들과 삼삼오오 몰려다니는 시간이 있었다. 누군가와 손을 잡고 이곳저곳을 거닐던 때가 있었다. 그땐 자신이 만나는 모든 사람이 자신과 닮았고, 닮았기 때문에 자신과 그토록 잘 어울리는 것이라고 생각했었다.

하지만 뼛속까지 자신과 같은 존재는 전 우주를 통틀어도 없는 것이 사실이었다. 언젠가부터 자신이 타인에게 설정해둔 기댓값이 무너지는 것을 봐야만 했고, 그로 인해 제멋대로 실망을 하기 일쑤였으며, 그럴 때마다 그녀는 조금 더 안쪽으로, 스스로의 늪으로 파고들어야만 했었다. 자신과 닮은 사람은 애초에 없었고, 제멋대로 기대와 실망을 반복하는 스스로가 미웠다. 그녀는 그렇게 혼자가 됐다.

시간제 아르바이트까지 모두 끝마치고 돌아온 집, 수민은 가장 먼저 컴퓨터의 전원을 켰다. 회계학 강의에 중요한 과제나 시험 공고가 있었는지도 모를 일이었다.

그렇지만 학교와 학과 커뮤니티의 어디에서도 그 강의에

대한 소식은 찾아볼 수가 없었다. 교수는 매 수업을 그냥 넘어가는 사람이 아니었다.

수민은 회계학 강의의 수강생 목록을 뒤져, 몇 명에게 직접 이메일을 보내기로 결심했다. 어쩔 수 없었다. 조금은 민망했지만, 이것 말고는 방법이 없었다. 안녕하세요, 저는 회계학 강의를 듣는 경영학과 정수민입니다. 다름이 아니라……

수민은 메일을 보내곤 늦은 저녁을 챙겨 먹었다. 창밖은 캄캄해질 대로 캄캄해져 있었다. 방에는 유난히 한기가 돌고 있는 것 같았다. 이럴 땐 누군가와 술잔을 부딪치는 것도 참 좋을 텐데. 그녀는 그렇게 생각했다.

있을 리는 없겠지만, 혹시라도 주소록을 뒤져볼까 꺼내본 휴대 전화에는 여러 개의 알림이 있었다. 쇼핑몰과 어학원의 광고 메시지와 신용 카드의 모바일 고지서 같은 것이 대부분이었다. 그리고 마지막으로 그녀의 눈에 들어온 것은 한 통의 이메일이 새로 수신됐다는 알림이었다.

'안녕하세요, 한성희입니다.'

그녀가 의도한 것은 아니었지만, 자신이 보낸 몇 통의 이메일 중에 그 사람의 메일 주소가 섞여 있었던 것 같았다.

수민은 조금 놀란 마음에 그 제목을 한참을 바라봐야 했었다. 그토록 빠른 답장을 기대하고 보낸 메일들도 아니었으며, 그 몇 통의 메일 중에 하필 한 통이 한성희에게 보내졌다는 점, 그리고 오늘 낮에 그토록 매몰차게 그를 뿌리쳤음에도 그는 나의 도움을 구하는 편지에 답장을 해 주었다는 점 때문이었다.

답장은 명료하고 다정한 말투로 적혀 있었다. 어떤 것에 대해 조사를 하고 보고서를 작성해야 하는지, 그리고 다음 주의 강의에 어떤 부분에 관해 시험이 있는지에 대해서도 세심히 적혀 있었다. 역시나 한 주도 수강생들을 편히 풀어 주는 교수가 아니었다. 수민은 자신이 차갑게 대했던 사람이 여전히 자신에게 다정한 도움을 주는 상황이 무안해져, 홀로 집에 있음에도 귀를 붉히며 그 답장을 계속 읽어갔다. 그리고 다정한 설명의 마지막엔 한성희의 마지막 인사말이 있었다.

— …그쯤 해서 제출하시면 될 거예요. 교수님이 요구하신 건 여기까지가 다입니다. 오늘 낮엔 또다시 무례하게 말 걸어서 미안했어요. 그냥, 나는 말해 주고 싶었어요. 졸고 계시던 것 같기에, 오늘 교수님께서 이러이러한 것들을 해오라

고 하셨다고. 말씀드리고 싶었던 거예요. 순수한 호감이 누군가에겐 불쾌함으로 다가갈 수 있다는 걸 저도 잘 알고 있어요. 그렇지만 그걸 알고 있음에도 말을 걸고 싶었고, 조금 더 바라보고 싶었던 제 마음을 부디 용서해 주시길 바랍니다. 앞으로도 수업 관련해서 궁금한 점이나 도움이 필요하시면, 언제든 연락 주셔도 좋습니다. 그럼, 좋은 밤 되세요.

모든 내용을 다 읽은 수민은 왠지 모를 미안함과 죄책감에 휩싸였다. 이토록 상냥한 사람인데, 내게 다시 접근했던 것도 순전히 도움을 주기 위해 다가왔던 거였는데, 나는 그 앞에 대고 차가운 표정을 지으며 날카로운 대답이나 했었다니.

사실 누군가를 제대로 알지도 못하면서, 그 사람의 이미지를 멋대로 만들고, 기대하고, 실망했었던 건, 철저히 자신이 벌인 일들이었다. 자신을 스쳐 지나간 사람들이 자신의 기대에 못 미쳤다고 해서 그들에게 죄가 있는 건 아니었으니까. 어쩌면 그녀는 그녀 스스로 혼자이길 자처했고, 외로움이라는 늪에 스스로 파고든 것이었다.

그리고 난생처음 보는 한성희라는 사람은, 그 깊고 더러울 수도 있는 자신의 늪에 저토록 따뜻하고 다정한 손을 뻗어준 것이었다.

수민은 무안함을 느꼈다. 그리곤 자신에게 그토록 아니꼽게만 보였던 그 사람의 얼굴을 떠올렸다. 쌍꺼풀이 없는 심심한 눈, 정직한 코의 모양, 수수한 옷차림 같은 것을. 괜한 기대감을 불러올 만한 모습은 아니었다.

그게 전부였다. 기대는 하지 않아도 좋을 것 같았다.

'그러니까, 언젠가 강의가 끝나고 나면 점심 한 번쯤은 같이 먹어도 좋을지도.'

누가 봐도 예쁜 건 아닐 수도 있는 얼굴.
어딜 가나 볼 수 있는 밋밋한 셔츠.
손에는 편의점에서 파는 볼펜.
의미가 없을 수가 있나요,
무려 누가 쓰는 건데,
누구 건데.

나를
찾아 줘

●

　안녕, 소중한 사람.

　아니다, '소중해질' 사람이라고 부르는 게 맞을까. 어찌 됐
건 우리는 아직 서로를 찾지 못한 게 사실이니까.

　당신은, 오늘의 하루도 잘 보내고 있겠지? 다섯 시 오십
분, 내가 사는 도시에는 아직 해가 지질 않고 있어. 며칠 전까
지만 해도 진즉 해가 져버렸었던 시간인데 말이야. 있지, 알
게 모르게 계절은 계속 흐르나 봐.

　나는 오늘도 잘 지내고 있어.

　알람이 울리기 이 분 전에 눈을 떴고, 간단히 밥을 차려 먹
었어. 어젯밤에 미뤄 둔 집안일도 했고, 책도 읽고, 해야 할
일들을 했지. 물론 낮잠도 잤어! 그리고……아, 맞아. 아마

그때 꿈에 나왔던 게 당신이었던 것 같아. 얼굴은 가물가물하지만, 아마 당신이었던 것 같아. 그 꿈에서 우리, 꽤나 보기 좋았거든, 손도 잡고, 같이 걷기도 하고.

물론 꿈에서 깨어나고 나선 참 허탈하기도 했어. 조금 전까지만 해도 한 몸인 듯 붙어 있던 네가, 실오라기만한 흔적 하나 없이 사라지고 없었으니까. 꿈에서 깨고 난 허탈함이 지금의 저녁나절까지 계속되는 것만 같아.

그러니까 우리, 그럴수록 빨리 만나야겠다. 우리가 언젠간 만나게 될 거란 걸 나는 단단히 믿고 있어. 믿어 왔고, 믿을 거야.

그렇지만 글쎄, 조금은 불안하기도 해. 걱정이 돼. 빛이 나지도 않고, 흔한 겉모양의 나를 과연 당신이 찾을 수 있을까 하는 마음 때문이야.

그렇잖아, 나 역시도 눈에 띄지 않고, 사소한 것들을 쉽게 지나쳐 버리곤 하니까. 어쩌면 그래서일 수도 있어. 조금이라도 당신의 눈에 띄려고 글을 쓰고, 마음이 편안해지는 장소를 매일같이 걷나 봐. 그렇게 그곳에서 나를 찾아주길 바라면서.

저 멀리에서 점점 부풀며 다가와, 언젠간 나를 거대하게 덮쳐 올 파도 같은 사람, 나는 어떻게 하면 조금 더 당신에게 '의미'일 수 있을까. 매일 그것만 걱정해.

목욕을 하다가도, 샴푸의 향이 당신이 싫어하는 그것이면 어쩌지, 아까 점심으로 먹은 샌드위치가 당신의 취향이 아니면 어쩌지 하면서, 아직 알지도 못하는 당신의 모든 것에 대해서 걱정부터 하고 보는 거야. 나는 그렇게 모든 면에서 내가 당신의 취향이길 바라.

내 이야기를 조금 들려줄까?

내 방에는 아직도 이십 년째 버리지 않는 주스의 빈 병과 껌 종이가 있어. 비밀인데, 그때의 어린 나에게 누군가 알려 줬거든, 꿈속에서. 놀이터에 내 운명의 물건이 있다고 말이야. 그래서 다음날 부리나케 놀이터로 달려갔어. 그리곤 마구 흙바닥을 파헤쳤는데, 다른 것들은 다 더러웠는데 그 두 개만 깨끗하고 향기가 나는 거야, 아주 달콤하고 행복한 향이!

당신이라면 믿겠어? 아니, 사실은 꿈에서 그걸 알려 준 그때 그 존재도 어쩌면 당신이었을까. 어쨌든, 그 물건들은 이십 년이 지난 지금 모든 향을 잃었지만, 아직도 내게 그때의 그런 '의미'로 존재하고 있어.

나도 당신에게 그런 '의미'이고 싶어. 보편적인, 일반 사람들의 시선에는 보잘것없고 가치 없지만, 당신에게만큼은 특별한 것.

어느새 해가 지고 있네, 오늘 춥다더라, 따뜻하게 입었어? 어디쯤인지는 모르겠지만, 나를 찾으러 오고 있다면 조금씩, 조심히 걸어와 줘. 나는 앞으로 무엇보다 소중해질 존재가 벌써부터 나 때문에 다쳐가며 무리하는 건 싫으니까.

어, 보여? 밖이 눈 깜빡할 새에 더 어두워졌어.

어느새 이렇게 또 하루가 끝나 가는데, 오늘의 모든 게 마무리되고 나면, 오늘 밤의 꿈에도 네가 나와 줄까. 그랬으면 좋겠다. 꼭 그거 같다. 서로 아주 먼 곳에 있는 연인들의 전화 통화. 한 장면 한 장면이 소중해 죽겠는.

나, 그리 빛나지도 않고, 사소하고 밋밋한 존재지만, 그 어린 날의 빈 주스 병과 껌 종이처럼, 나름의 향기를 준비해 가며 당신에게 달려가고 있어. 예쁨 받을 만한 의미들을 새겨가면서 말이야. 그리고 언젠간 널 찾을 거야.

그러니까 바라건대, 당신도 열심히 나를 찾아 줘. 서로 열심히 살고, 열심히 달려서 한 점에서 만나자. 우리 그렇게 만나자.

그럼 저녁밥 맛있게 먹고, 잘 자.

이따 봐.

어디야? 뭐해?
시간은 괜찮고?
내가 끼어들어도 돼?
조금 더 오래 있어도 돼?
보기에 미운 짓은 안 할게.
가끔씩은 예쁜 짓도 해볼게.
내가 가진 좋은 것들도 줄게.

감추기만
하기엔

●

    오는 길에는 탄산수 두 병을 샀어.

    오늘도 역시 '편의점에서 하나를 사니까 하나를 더 주더라.' 라고 말했지만, 일부러 두 병을 산 게 맞아. 원 플러스 원 이벤트는 있지도 않았으니까. 솔직히 모르겠어, 사람들은 이걸 무슨 맛으로 마시는 건지. 그렇지만 오늘도 탄산수 두 병을 샀어.

    그 말은, 조금 알아달라는 말이야. 심지어 탄산수 중에서도 레몬 맛으로만 골라서 사 왔어. 그러니까 네가 조금은 알아달라는 뜻이야,

    내가 걸어오는 줄도 모르고 너는 여전히 고개를 푹 숙이고 있었어. 요즘은 안나 카레니나를 읽는다더니, 아마 그걸 읽

고 있었나 봐.

조금은 쑥스럽지만, 나는 적당히 멀리에 서서 그걸 얼마간 지켜봤어. 나는 네가 바로 앞에 있을 땐 널 제대로 쳐다보지도 못하겠거든. 그래서 거기서 힘껏 지켜본 거야. 우주라거나 다른 차원의 세계로 들어온 게 아닐까 싶었지. 옷은 그렇게 깔끔하게, 아주 조금은 발칙하고 예쁘게 입었으면서, 얼굴은 또 그렇게 세련되게 생겼으면서, 손에는 고전을 들고 읽는 모습이라니. 다른 세상 사람 같지 뭐야. 길 가는 사람들이 나를 이상한 눈치로 보지만 않았다면, 나는 얼마간을 더 그러고 서 있었을지도 가늠이 잘 안 가는 게 사실이야.

이른 낮에 만나 맥주를 마시면서, 네가 웃긴 이야기들을 해 줘서 나는 몇 번을 크게 웃었지. 흰 두건을 두른 사장님은 그럴 때마다 나를 흘겨봤지만 말이야. 사실은 더 크게 웃고 싶었어. 너는 똑같은, 내가 이미 알고 있는 이야기들을 할 때도 어찌나 그렇게 너만의 방식으로 말하는지. 어쩜 그렇게 재밌게 말을 해 주는지! 제스처가 크지도 않고, 말을 꾸며 하는 것도 아니지만, 거친 듯하면서도 살랑거리는 그 말투를 나는 좋아해. 소소하고 수수한 말투를 좋아해.

눈치챘는지는 모르겠지만, 나는 테이블에 엎드린 자세로, 고개만 들어 너를 바라보는 것을 좋아해. 적당히 아래에서 너를 보는 게 좋아. 키는 내가 한 뼘도 넘게 큰데, 너는 어쩐지 내게 크게만 느껴지거든. 반대로 나는 작아지는 것만 같고. 너는 너만의 말투와 예쁨과 그리고 개성들로 반짝반짝 또렷한데, 나는 세상 어디에나 있을 법한 사람이잖아. 그래서인지는 몰라도 나는 아래에서 너를 바라보는 게 참 편한 것 같아. 너는 웃기게 보이려 나의 위에서 표정을 구기지만, 나는 그것마저 마음에 들어. 나는 적당히 아래에서 너를 보는 게 좋아. 눈치챘을지는 모르겠지만, 이제는 조금 눈치채 주길 바라지만.

너를 알고 부쩍 낮에 돌아다니는 날이 많아진 것 같아. 지금도 이렇게 낮 맥주를 함께하고 있잖아. 낮은 덥고 눈부시고, 사람이 붐벼서 짜증나는 것쯤으로만 알았는데, 나름대로 낮만의 은근한 매력이 있는 것 같아. 은근한 매력이라니 또 누가 생각나는 것 같지만, 나는 쉽게 얼굴이 빨개지는 사람이라 더 이상의 생각은 그만둬야겠어. 어쨌든, 이것 역시 고마워. 낮을 알게 해 준 사람.

너처럼, 나는 어떻게 너처럼 될 수 있을까. 나도 나만의 매력과 목소리를 우려낼 수 있게 됐으면 좋겠어. 그래서 가끔은 나도 든든한 '남자'로, 나만 줄 수 있는 위로를 주고, 나만 말할 수 있는 재밌는 이야기를 들려주고 싶어. 나만 할 수 있는 사랑도 언젠간.

오늘도 정말 재밌어. 그리고 미래에도 이런 하루들이 많이 기다리고 있었으면 좋겠어.

그래서 오늘은 말해 볼 참이야. 엉뚱하지만, 너에게선 잘 말린 이불 냄새가 나는 것 같다고.

오늘도 너 때문에 레몬 맛 탄산수를 두 병이나 사 왔다고. 나도 요즘 안나 카레니나를 읽고 있다고. 사실은 어제 저녁밥을 짓다가도 너를 생각했다고.

사랑하고 싶다고.

나의 너처럼 너의 나도

특별히 여겨지는 사람이 되고 싶다고.

2

어쩌면
지금도 있을
사랑의 순간들

그래도 사랑뿐

절실해져서야 기억해 냈다,
아픈 날이면 누군가 나를 품어 줬었단 걸.
내가 그걸 참 좋아했었단 걸.
나는 사실 어리광이 참 많았었다는 걸.
다 크고 나서야 알게 됐다,
자주 앓는 나에게 필요한 건
작은 품 하나였고 그 품의 따뜻함이었다.
평생을 아플 거라면 꼭 안긴 채로 아프고 싶다.

그래도 사랑뿐

그저 평범했던 게 평범해서 딱 좋은 게 되고
남들에겐 아주 늦은 밤도 한낮처럼 여기게 되는 것.
우리의 것보다 먼저 마무리된 타인의 하루는 너무 빠르다고,
함께 먹을 간식을 데우는 1분 30초의 시간은 느리다고 느끼는,
세계의 한가운데에서 속도의 기준점을 갖게 된다는 것.
연애라는 것.

그 흔한
아름다움

넓지 않은 집, 갓 어린 티를 벗은 것으로 보이는 한 연인이 탁자의 주변으로 옹기종기 모여 앉아 있다. 다 자라난 두 사람은 큰 몸을 한껏 움츠려, 그들의 뒷모습은 꽤 웃긴 모양새였다.

젊은 연인들은 둘에게만 들릴 정도로 작게 속닥댔다. 그들이 보고 있는 것은 다른 게 아니라 여자 쪽의 손톱이었다.

"아니, 좀 봐봐. 나도 네일아트도 좀 받고 꾸몄으면 좋겠다고. 이게 뭐야, 너무 휑하지 않아?"

여자가 볼멘소리를 냈다. 남자의 눈앞으로 두 팔을 뻗어 그 손톱들을 흔들었다. 목소리는 적당한 쇳소리가 나는 고음에, 얼굴은 화장기가 거의 없는 수수한 모양이었다. 남자는 그 말이 들리기는 하는지 말을 아꼈다. 다만 날카롭지 않은 눈매로 계속 그 손톱들을 바라볼 뿐이었다. 그렇게 콩알보다 조금 더 클 뿐인 여자의 손톱에, 어른 두 명의 시선이 몇 분이고 쏠리는 것이었다.

의료업 또는 요식업과 같이, 위생이 중시되는 업종에 종사하는 사람들이 으레 그렇듯, 식당에서 파트타임으로 일하는 그녀 역시 짧디 짧은 손톱에 늘 불만이 많았다.

그녀 주변의 또래 여자 친구들은 대개가 손톱을 예쁘게 가꿨다. 그뿐만 아니라 지미추 구두의 스트랩으로 발목을, 보테가의 가죽 팔찌로 손목을 감고 다니곤 했다. 그녀는 늘 그들을 부러워했다. 마치 화장을 하지 않은 여인의 민낯처럼 밍밍할 뿐인 자신의 손톱을 미워했다. 가끔 있는 친구들끼리의 모임에서, 그리고 휴대 전화 화면 안의 화려한 사진들은, 플란넬 셔츠의 소매로 손목을 감고, 긴 양말로 발목을 감은 그녀의 모습을 더 초라하게 만들었다. 우아한 생활들과 그렇지 못한 자신의 것 사이에서의 괴리감에서였다.

"글쎄, 난 모르겠어. 네일아트를 받은 손톱이랑 이 손톱의

차이 말이야."

남자는 그렇게 말했고, 여자는 '역시 남자들은 아무것도 몰라.' 라고 대답했다.

밤 열 시, 거의 모든 이들이 퇴근을 마친 시간. 뒤늦게 각자의 일을 마친 그들이 집에서 걸어 나왔다. 뒤늦은 휴식의 시간을 보내려는 것이었다. 요식업 종사자인 여자와 그녀의 연인은 늦은 밤이 되어서야 둘만의 데이트를 누리곤 했다. 집에서 먹고 마실 감자튀김과 맥주를 사러 나가는 길, 봄이 오려는지 밤은 그렇게 춥지 않았다. 밤거리를 걷던 남자가 갑자기 멈춰 섰다.

"어, 네 손톱이다."

남자는 그렇게 말하고는 하늘을 가리켰다. 그곳엔 멀건 색의 초승달이 떠 있었다. 과연, 그것은 밋밋하고 동그랗게 휘어 있어서, 여자의 손톱과 닮은 모습이었다. 멀겋다고 할까, 심플한 그것의 색깔 역시 그랬다.

여자는 그것을 보고는, 이내 자신을 놀리는 거냐며 남자의

등을 몇 차례 때렸다. 밤거리 위로 둘만의 옥신각신하는 소리
가 고요히 울려 퍼졌다.

둘의 만남은 늘 그런 식이었다. 낮엔 각자의 일자리에서
일을 했고, 일이 모두 끝나고 나면 밤이 되어서야 둘은 만나
서 맥주와 간식 따위를 먹는다. 화려할 것도 없지만, 그렇다
고 부족할 것도 없는 그런 만남이었다.

넓지 않은 집, 어른 두 명은 아까와는 다르게 소파의 위에
비스듬히 포개져 있는 모습이다. 맥주 캔 두어 개와 간식거리
의 포장지들이 테이블 위에서 나뒹굴고, 아무렇게나 틀어진
TV의 채널에선 알 수 없는 말들만이 흘러나왔다. 그들은 화
면을 보고 있지 않았다.

여자의 칭얼댐은 오늘따라 끝이 없이 유난했다. 칭얼댐은
손톱에 관한 것으로부터 시작돼서, 옷과 얼굴 생김에 관한 것
까지 계속됐다.

남자는 그 칭얼거림을 뒤로하고, 작게 난 창으로 바깥의
하늘을 바라봤다. 운이 좋게도 초승달은 그 안에 딱 들어차
있었다. 그의 목소리가 그녀의 칭얼댐을 가로막았다.

"대단하고 화려하진 않을 수 있겠지. 그렇지만 나는 그래

서 네가 편하고 좋은 걸."

그가 고개를 창 쪽으로 고정한 채로 그렇게 말했다.

'사치스럽지 않고, 언제나 내가 나일 수 있게 해 주는 너의
그 깨끗함이 좋아.'

그 말은 부끄러움 탓에 그만 그의 입 안에서만 몇 초를 맴
돌았다. 여간 얼굴이 두껍지 않고서는 할 수 있는 말이 아니
었다. 쑥스러움에 창문 쪽으로 얼굴을 고정하고, 초승달을
바라보는 그의 눈빛은 그녀의 손톱을 바라보던 그 눈빛과 닮
아 있어, 날카로움이 없이 정겹기만 했다.

"아, 몰라. 내일 또 출근해야 돼."

남자는 그렇게 말하곤 무심히 고개를 저었다. 그리고 어
느 순간 그녀의 칭얼댐은 잦아들고 없었다. 여자의 대답이
돌아오지 않아 멋쩍었는지, 그는 그대로 뒤로 몸을 젖혔다.
불현듯 두 시선이 충돌했다. 소파 등받이에 비스듬히 기댄
그의 얼굴 위로 열 개의 초승달이 떠올랐다. 그녀의 두 손이

었다. 이내 그것들은 그의 뺨을 부드러이 휘감았다. 자연색의 짧고 서글서글한 손톱들이었다.

화려한 입맞춤은 아니었다. 그렇지만 둘은 아늑한 편안함에 녹아들었다.

사치스럽지 않은 밤, 온전히 둘만의 순간이 흐른다. 언제까지고 계속될 것만 같은 밤. 초승달은 구름에 가려져 은은하게 빛을 잃었고, 그녀의 짧고 멀건 손톱도 밤의 색으로 예쁘게 물이 들었다.

칭얼거림은 없었다.

첫 번째 편지는 첫 번째라서 특별해.
무려 첫 번째라니, 두근거려라.
열아홉 번째 편지는 또 열아홉 번째라서 특별하지.
무려 열아홉 번씩이나.
새로운 것은 더욱 신선하게 다가오는 새삼스러움.
익숙한 것도 오히려 익숙해서 특별해지는 마법.

다섯 번째 보는
영화

금방이라도 눈이나 우박이 떨어질 것만 같은 밤이었다. 겨울의 밤이란 세상의 모든 것을 잠재워 버리려는 듯, 적막함에 가득 차곤 한다.

두 사람은 뒤뚱뒤뚱 펭귄처럼 걸었다. 손을 잡거나, 팔짱을 끼는 동작조차 불편할 정도였다. 옷을 몇 겹이나 껴입은 건지, 매운바람이 불 때마다 그들의 몸통과 팔은 뻣뻣이 경직되고 파닥거리기를 반복했다.

추위를 피해 총총걸음으로 들어온 그녀의 자취방은 외부와 완벽히 단절되어 있었다. 몇 시간 이상 비워져 약간의 냉기가 흐르는 것 같았지만, 그것은 그것대로 바깥의 추위와는 다른, 따스한 사람 냄새가 풍기는 것이었다. 둘은 발로 차듯

신발을 벗고 아주 익숙한 모양새로 나머지 외투 따위를 벗었다. 각자의 머플러를 털어 구김을 없애는 동작은 거울을 보는 듯 두 사람이 몹시 똑같았다.

"넌 여기 올 때마다 무슨 좋은 공기라고 심호흡을 해."

집의 공기를 깊게 들이마시는 그에게 그녀는 핀잔을 주었다. 아닌 게 아니라, 그는 적당히 어질러져 있는 그녀의 집, 그곳의 모든 것이 좋았다. 그곳엔 고소하고 편안한, 그녀의 목 언저리에서 나곤 했던 섬유 유연제의 향이 가득했다.

이내 노트북과 연결한 TV에서는, 벌써 몇 번째 보는 것인지도 모르겠는 영화가 비춰지기 시작했다. 요즘 같은 때면, 인터넷에서 보고 싶은 새로운 영화를 받는 것쯤은, 집 앞의 슈퍼에 가는 것보다 쉬운 일이다. 그러나 그들은 새로운 영화를 원하는 것이 아니었다. 다만 둘 사이의 정적을 적당한 소리들로 꾸며 주는 그 음악 영화가 마음에 들었을 뿐이다.

서로 '이 영화는 음악들이 많이 나와서 좋지 않아?' 하고 말을 꺼낸 적은 없었지만, 다섯 번 정도에 걸쳐 계속해서 보고 있는 영화에 대해 서로는 아무 불평도 하지 않았다. 두 사람 모두의 마음에 들었다는 뜻이었다.

TV로부터 세 발자국 정도 떨어진 소파에 둘은 선원처럼 몸을 실었다. 집의 바깥은 완연한 겨울이다. 빙산 주변을 표류하는 뱃사람들처럼, 둘은 넓고 두툼한 이불을 함께 덮었다. 그 앞으론 까놓은 맥주 몇 캔과 주스 팩, 감자튀김이 식어가고 있었다. 사치스러울 것 하나 없는, 그러나 부족함도 하나 없는 느낌이 둘을 온전히 채웠다.

브라운관 속의 그레타는 댄의 자동차 룸미러에 걸린 스플리터를 매만졌다. 댄은, 스플리터란 두 개의 헤드폰을 인풋 하나에 연결해, 두 사람이 같은 음악을 들을 수 있게 해 주는 것이라고 설명해 준다. 이내 두 사람은 같은 음악을 들으며 길거리를 누빈다.

TV 앞의 두 사람은 영화를 보는 둥 맥주를 먹는 둥 어물거리다가, 영화에 집중하기 시작했다. 두 사람이 가장 좋아하는 장면이었다. 뉴욕의 거리에서 춤추는 댄과 그레타를 보며, 그와 그녀는 서로의 허벅지며, 어깨를 간질였다. 그는 엄지와 중지 손가락 두 개를 세워, 영화의 주인공들이 춤추며 걷는 것을 작게 흉내 냈다.

삼사십 분이 더 흘렀을까, 영화의 엔딩 크레디트는 모두 오르고, 영화는 여섯 번째로 새로이 시작됐다. 둘은 누가 먼저다 할 것도 없이, 겨울밤의 노곤함에 취해 있었다.

베란다의 어딘가에 바람구멍이 생긴 건지, 얇은 실바람이 돌연 집을 훑었다. 그는 나른함 속에서 살짝 소스라쳐 깼다. 일주일 정도는 청소를 미룬 걸까. 솜뭉치인지, 털 뭉치인지 모를 것이 소파 앞바닥에서 구르는 것이 눈에 들어왔다. 그것은 외로워 보였다.

'난 너처럼 혼자가 아니라 다행이야.'

그녀의 품으로 파고들고만 싶었다. 영화를 보며 간질였던 그녀의 쇄골 언저리선 역시나 섬유 유연제의 냄새가 은은히 풍겼다. 진작 안길 걸 하는 후회가 일었다.

창문을 두 겹 모두 닫은 탓인지 바깥 소리는 거의 들리지 않았다. 완벽한 겨울밤의 고요함. 그녀의 방에선 은은한 향기가 흐른다. 귀에 익은 OST가 다시 한 번 재생되고 있다. TV와 소파 사이에 놓인 형형색색의 맥주 캔들은 뉴욕 빌딩들처럼 빛났다. 소파 위에 겹쳐진 그와 그녀는 자다가 영화를 보다가를 반복했다.

그가 숨을 뱉으면 그녀는 숨을 들이마셨고, 그가 들이마시면 그녀는 뱉었다. 그렇게 둘의 품은 한시도 떨어지지 않았다. 완벽한 끌어안음, 완벽한 호흡이었다.

같은 장소에서 같은 것을 보고 같은 것을 먹었다. 오롯이 둘만의 같은 숨을 쉰다. 그는 두 개의 헤드폰을 이어 주는, 스플리터란 것을 실제로 본 적이 없었다.

그러나 하나부터 열까지 함께인 지금 이곳, 그녀의 방이면 그런 것쯤 없어도 충분할 것 같다고 뜬잠처럼 되뇌었다.

'그럼, 그렇고말고.'라고 말하듯, 그녀가 작게 코를 고는 소리가 들렸다.

일자리와 집 사이의 거리가 조금 멀기에,
그래서 새벽 다섯 시와 여섯 시 그 사이쯤 깨어나
눈을 찌푸리며 휴대 전화의 시계를 확인할 표정이 궁금해.
소매에 아주 작게 묻은 케첩으로 보이는 얼룩도 좋아,
나아가 무슨 음식을 먹다 그게 묻은 건지 상상하는 것조차 즐거워.
내 전화를 받으며 하곤 할 의미 없는 낙서도 보기에 좋을 것 같아.
당신의 사소한 것들마저 모두 궁금해졌다는 건,
이미 당신이 깨알같이 속속들이
오롯이 내 안에 들어찼다는 말이야.

평일
연인

●

    우리의 평일이 늘 그렇듯, 밤 열 시가 조금 넘으니 너는 벌써 곯아떨어졌다.

    그만큼 하는 일이 고되니까. 주말에야 겨우 웃곤 하는 너니까, 나는 애석함 반 기특함 반으로 네 침대에 누워 있을 너를 상상한다. 아주 익숙한 템포로 호흡을 하듯이 그리움과 애정을 번갈아 느낀다. 주중은 늘 이렇다. 널 밤에게 빌려주고 나면, 밤이란 놈은 도리어 내게 그리움을 내어 준다. 밤마다 홀로 남아 사랑하는 것은 나의 몫이다.

    냉장고에서 맥주를 하나 꺼내 마시며, 네가 잠든 후 아주 조용해진 나의 하루를 보내 본다. 누군가를 재우고 조용한 테이블에 앉아 홀로 맥주를 마시는 것, 사랑하는 딸을 재운 아버지들의 모습이 이것과 조금은 닮았을까. 배가 조금 나온 지도 제법 오랜 시간이 지났다. 아마도 맥주 탓이겠지만, 이런 변화에 둔감해진 내 탓이 더 크다고 생각한다.

그렇지만 너는 조금 불어난 내 몸집을 좋아해 준다.

"밤길도 안 무섭고, 달려가서 들이받듯이 기대도 안 흔들려서 좋아."

분명히 넌 그렇게 말했다. 나는 나에 대해서 네가 해 주는 말들은 티끌 하나도 틀리지 않고 다 기억한다. 하여튼 넌 사람을 멍청하게 만드는 데에도 재주가 있다. 그렇게 사랑스럽고 당연한 이유를 만들어 주니 못난 부분들도 어느새 잘난 부분들이 되는 것만 같으니까. 너는 그렇게 천천히 나의 부분부분들을 고장 낸다. 심지어 나는 이제 슬픈 음악을 들어도 슬픔을 모르겠다. 고장이 난 게 분명하다, 물론 내가 원하는 좋은 방향으로. 내 몸이 너의 달려와 안김에 흔들리지 않아서 좋다. 내 몸이 커서 좋다. 너는 나 자신까지도 좋아하게 만드는 사람이다. 아직 자정은 멀었다. 나는 맥주를 마시며 너 없이 조용해진 나의 하루를 보낸다.

오늘은 수요일 밤이고, 수요일은 네가 가장 지쳐 할 때쯤이다. 네가 지쳤는지 아닌지를 확인하는 방법을 이제 나는 안다, 그토록 솔직한 콧소리라니. 점점 더 어두워지는 창밖을 보며 너와 통화를 할 때면, 너는 종종 귀여운 콧소리를 섞어서 말한다. 그럼 나는 '이 아이가 지쳤구나.' 여기곤 평소보다 조금이나마 상냥하게 너를 대하는 것이다. 물론 나는 애초에 살가운 사람이 아니라 너는 알아채지 못했겠지만.

네가 지치곤 하는 수요일쯤이면 나는 이 도시의 드넓음을 미워한다. 평일의 우리 둘 사이는 왜 이렇게나 먼 걸까. 조금만 더, 몇 분 거리라도 우리가 가까웠다면, 나는 아마 너의 콧소리가 덜해질 때까지 너를 달래다가 돌아왔을 텐데. 그리고 넌 내가 이런 마음들을 차곡차곡 쌓아 주말에 널 만나러 간다는 걸 알까.

적당히 취기가 오르고 눈꺼풀이 빡빡해지면, 그제야 나는 너를 따라 침대에 눕는다. 이불을 덮는다. 내게도 참 고된 하루였다고 생각한다. 방에는 그 흔한 바늘 시계 하나도 없어, 온통 조용한 채로 나의 숨소리뿐이다. 문득 너의 콧소리 섞인 말투를 떠올린다. 오늘 유독 더했던 너의 어리광 섞인 목소리들, 안아 주고 싶었던.

나는 괜찮다면 내일, 너의 퇴근길 마중을 가야겠다고 생각한다. 아주 짧은 평일의 만남은 주말 연인들만 누릴 수 있는 별미니까. 주말은 멀다.

밤이다. 밤이 널 빌려갔다. 나는 너를 되찾으려 눈을 감는다.

힘들고 고민이었던 것들은
어째선지 그 사람 앞에선
며칠 전 나눴었던 시시콜콜한 농담처럼
별것도 아닌 것이 되는,
그러면서도
소소하고 수수했던 것들을
소중하고 소중하게
수려하고 수려하게 느끼게끔 해 주는,
밤이면 예쁜 것들만 생각나게끔 하는.

무향 무색
립밤

●

안녕. 오늘도 반가워.

너는 내게로 오며 손을 연신 비비네. 나도 오는 내내 추웠어. 아직은 날이 추워. 그리고 겨울이면 넌 슬프도록 예뻐. 무슨 말이냐고? 그것 좀 봐봐. 입술이 장미의 꽃잎들처럼 일어나 있잖아.

오는 길에 무향 무색의 립밤을 준비했어. 너는 무슨 그런 걸 선물로 사 왔느냐고 말하네. 미안, 내가 워낙 이런 데에는 감각이 없네. 말은 그렇게 하면서, 당장 발라보곤 걱정 없이 씩 웃음 지어 줘서 고마워.

있는 그대로의 네 숨과 입술 색을 사랑해. 착향 착색의 립밤은 너에게 의미가 없어. 감히 말할게. 늘 무채색의 옷만을 입고, 짙은 색조의 화장품을 사용하지 않는 넌, 네가 어떤 방향으로 아름다운지를 잘 알아.

　나는 가끔 집에 혼자 있을 때도, 그런 너의 똑똑함에 대해서 종종 감탄하곤 해. 너만의 방식으로 예쁜 너.

　글쎄, 잘 설명하지 못하겠어. 너의 숨 냄새가 어떤 느낌으로 좋은지를 말이야.

　나는 단 것을 잘 못 먹어서 자세히는 모르지만, 달콤한 것들에 의해 행복해진다는 게 바로 이런 걸까. 네 숨에선 달콤한 냄새가 나. 나를 만나기 전엔 점심으로 멕시코 음식 비슷한 것을 먹었나 봐, 오늘은 조금 알싸한 향도 같이 나는 것 같네. 좋아.

　어쩌면 내 호흡은 너의 숨을 맡음으로 의미가 있는 걸까, 진심으로 우리의 두 입술 사이에 다른 향이 섞이는 건 바라지 않아.

　너만의 방식으로 달콤한 너의 숨.

　그것마저 잘 모르겠어. 너의 입술 색이 어떤 느낌으로 좋은지를 말이야.

　너를 제외한 여자들은 도대체 무슨 이유로 립스틱 따위를 바르는 걸까. 과하게 붉지 않은 너의 입술 색은 나를 왠지 모르게 눈물짓게 만들어. 좋다는 뜻이야. 어쩌면, 이곳저곳을 뛰놀았던 어린 날의 뺨 색깔이 떠올라서일까. 언젠가 먹었던 복숭아의 껍질 같기도 하다. 좋아.

아, 그렇지만 바라건대 너는 절대 내게 그런 추억으로 남지 않길 바라. 늘 내게 지금으로 있어 줘.

있는 그대로 충분히 빛나는 사람, 우리 오늘은 뭘 할까.

사실 지금 이대로 있어도 별 상관은 없어, 내가 립밤을 사왔으니 너는 웃기만 해 줘. 건조하고 따가울 걱정 없이 온종일 웃기만 해도 좋아. 내가 무슨 생각을 하는 줄도 모르고 너는 마냥 웃네. 아니면 내 표정에 무언가 부끄러운 것들이 비친 걸까.

팔랑이며 걷는 팔다리는 온통 검고 흰옷에 덮여 있지만, 나는 그 안의 아름다움과 연약함을 알아. 일부러 씩씩하게 걷는 모습은 가끔 울컥하는 뭔가를 느끼게끔 해.

"오늘은 어디까지 걸을까—"

너는 그렇게 말하며 계속 앞장서 걷는다. 조금은 천천히 걸었으면 좋겠다. 달콤한 숨과 은근한 입술의 색이 조금만 더 가까이에 있었으면.

아직은 날이 추워, 너는 앞서 걸으며 계속 달콤한 숨을 뱉는데. 너는 앞서 걸으면 계속 은근한 홍색의 미소를 흘리는데 말이야. 너의 날숨들에 추운 입김이 서리고 있다는 걸 너는 알까.

있는 그대로 충분히 빛나지만, 그만큼이나 염려가 가는 사람, 나는 너를 어쩌면 좋을까. 너의 입술이야 주머니 속의 천원 쪼가리 몇 장으로 지킬 수 있었는데, 미세하게 바들거리는 너의 팔다리를 어떻게 지킬 수 있을까.

너를 온몸으로 안음으로 그런 사람이 되기를 바라본다. 무향 무색의 립밤 비슷한 사람이 되기를 바라본다.

네가 너만의 방식으로 계속 예쁠 수 있도록 지켜 주는, 무의미한 향과 색을 지니지 않은 사람이 되리라 결심해 보는 거야.

품속의 네가 웃는다.

입술이 갈라질 걱정이 없이 환히 웃는다.

하루쯤은 몰래 찾아가
닫힌 문을 바깥에서 바라보는 것,
문자 메시지의 글자들을 천천히 읽으며
누군가의 감기 기운을 유난스레 걱정하는 것.
마음으로나마 시선으로나마
이불을 덮고 방을 데워 주는
세상 가장 조용한 걱정.
홀로이되 외롭지 않은 시간.

유채색의
마음

주말 근무를 해야 하는 토요일 아침, 여러 겹 설정해둔 알람이 세 번쯤 울렸을 때, 다홍은 겨우겨우 잠에서 깨어날 수 있었다. 눈을 끔뻑였다. 암막 커튼 탓에 온통 시커먼 방에는 시선만이 떠다녔다. 몸이 쉽게 움직이지 않았다. 요 며칠 미뤄 뒀던 공부와 업무들을 해치우느라 조금 무리하는가 싶더니, 결국 그것이 빵 터져버리고 만 것 같았다.

그럴 때면 몸도 몸대로 피곤했지만, 그 수많은 할 것들로 인해 애인을 만나지 못하게 되는 것에 대한 스트레스도 이만저만이 아니었다. 그에게는 주는 것보다 받는 것이 훨씬 많았던 데다가, 심지어 그토록 자주 바빠 연락조차 드문드문 나눌 정도라니. 그렇지만 고맙게도 늘 그녀에게 자상했던 그는 그녀가 바쁠 때가 언제쯤인지를 잘 알아채곤 했었고, 그럴 때면 그녀에게 데이트를 하자는 말을 참아주곤 했었다. 장난스러운 어리광을 부려도 될 때와 어른스럽게 기다려야 할 때를 잘 구분하는 그였다.

아침 일곱 시, 다홍이 집을 나서기 위해 집 문을 열 때였다. 문틈에 끼워져 있었던 건지, 명함보다는 얇고 긴 찢어진 종이 한 장이 팔랑팔랑 그녀의 발 앞에 떨어졌다. 다홍은 대출 광고지인가 싶어 그것을 무시하려다, 그곳에 손 글씨로 〈우체통〉이라고 쓰여 있는 것을 확인할 수 있었다. 익숙한 필체였다. 다홍은 후다닥 뛰다시피 우체통으로 향했다. 흰 봉투가 꽂혀 있는 것이 보였다.

— 다홍.
친구들에게 이끌려 자주 하지도 않던 술을 마셨더니, 그러면 안 되는데도 갑자기 네가 보고 싶어져서 무턱대고 택시를 탔어. 그래도 꾹 참아 보려고 집으로 가서 누웠더니, 감은 눈 위로 알록달록 뭔가가 보이는 거, 어떤 건지 알지? 그것들 사이로 네가 아른거리는 거야. 거짓말이 아니야. 온통 새까만 방안은 또 얼마나 춥게 느껴지는지. 어떻게 해, 나는 대충 아무 옷이나 걸쳐 입고 택시 정류장으로 갈

수밖에 없었어.

오늘 탄 택시의 기사님은 다행히도 과묵한 편이셔서, 나는 마음 편히 차창 바깥을 구경하며 이곳까지 올 수 있었어. 달은 어쩜 그렇게도 커다랗고 노란지, 술기운이 가시긴커녕 더 몽롱해지는 것만 같은 거야. 있지, 나는 사실 예전엔 달이니 별이니, 그런 낭만적인 것들을 별로 좋아하지 않았어. 더구나 그것들은 너무 쉽게 사람들 입에 오르내리는 것 같았거든. 툭하면 달이 예쁘네요, 별이 예쁘네요. 그렇지만 언젠가, 네가 내게 달이 예쁘다고 했을 때였어. 그때부터 내가 변했어. 네가 까슬까슬한 목소리로 말해 주는 달은 뻔하지가 않았던 거야. 신기하지? 나는 오늘도 너를 생각하며 달을 보고, 그러면서 이곳까지 달려왔어.

그렇지만 아차 싶었던 거지. 일단 여기까지 오긴 왔는데, 생각해 보니까 네가 요즘 눈코 뜰 새 없이 바쁘다고 말했던 게 기억이 났어. 토요일에도 출근해야 한다며 칭얼대던 것도. 최악이었지. 한 겹 철문만 열리면 거기에 네가 있는데. 그걸 벌컥 열거나 두드리면 너는 안 그래도 절실한 잠에서 깨게 될 거니까. 애인이라는 놈이 그렇게 몹쓸 짓을 할 수는 없지 않겠어? 그래서 주변 편의점에서 이렇게 밋밋한 편지지를 사서, '오밤중에 내가 왔었다.'라고 나마 소식을 남겨두는 거야. 만약 이걸 읽게 된다면 나를 바보 같다며 놀리려나. 그렇지만 나는 정말로 항상 너를 걱정하고 좋아해서, 피곤한 너를 깨운다거나 할 수는 없었어. 편지를 읽었다고 내게 연락을 주면, 그때 내가 잠깐이라도 만나자고 데이트 신청을 할게.

기온이 엄청 낮은가 봐. 손이 바들바들 떨려서 더는 편지를 쓸 수도 없겠어. 이만 줄여야겠다. 새벽이라 수염도 듬성듬성 자라났고, 취한 데다가 옷도 대충 입어 몰골이 말이 아니지만, 네가 자고 있는 집이라도 와볼 수 있어서 반가웠어. 금방 다시 만나자. 보고 싶어.

아, 한 마디 더. 조금은 뜬금없고 이상하게 들릴지는 모르겠지만, 나는 네가 지금처럼 단발머리일 때는 긴 머리인 모습이 보고 싶고, 긴 머리일 때에는 지금 같은 단발머리를 한 너를 보고 싶었어. 어떤 모습이든 보고 싶고, 앞으로도 보고 싶을 거라는 말이야. 갈게. 잘 자.

바깥에서 건물 현관으로 적당히 차가운 바람이 불어 들어왔다. 춥다거나 하는 불쾌한 느낌은 없었다. 다홍은 편지를 소중히 접어 올리브색의 코트 안 주머니에 넣고는 현관을 나섰다. 하늘의 색은 유독 파래서, 시릴 정도로 행복하게 보였다. 그녀가 선홍색의 입술로 활짝 웃었다.

3

이별은 그런 것
그리움은
또 다른 사랑

당신, 지금은 어디를 향해 걷고 있어?
당신, 그때 말고 지금 나타나지 그랬어.
나는 이제야 제법 괜찮은 편지를 써.
타이밍이 주제인 노래는 나를 놀리는데,
아무렇지도 않게 그걸 흥얼대는 사람들이 부러워.
그때 서두르지 말고 지금 나타나 주지 그랬어.
나는 이제야 겨우 품이 따뜻해졌는데.

관람차

●

김 씨는 해외여행의 카탈로그를 둘러보고 있었다. 출국 날짜까지는 며칠 정도 여유가 남아 있었다.

그녀는 관람차라는 단어를 눈으로 천천히 곱씹었다. 어색한 낱말이었다. 다른 말로는 페리스 휠(Ferris wheel)이라 부르기도 한다고 쓰여 있었지만, 그 말 역시 낯설게 다가오기는 매한가지였다. 읽기에도 낯선 만큼, 실제로 요즘 들어 찾아보기 힘들어진 존재였다.

"관람차가 보고 싶어."

몇 해 전의 그 남잔, 수화기 너머로 그렇게 말했었다. 글쎄, 왜 하필 관람차였을까. 그때의 김 씨는 숙녀보단 소녀에 가까웠고, 남자는 소년에 가까웠기 때문이었을까. 이유는 몰라도 그는 그렇게 말했다. 죽 뻗은 손가락만큼이나 확실한 목소리였다. 둘은 전화를 끊을 때쯤, 조만간 놀이공원에 함께 가기로 뜻을 모았었다.

놀이공원은 행복한 이들로 바글바글대고 있었다. 김 씨는 그녀의 어머니에게 '네 아버지랑 연애할 땐, 관람차는 호숫가에 있었어.' 라고 미리 전해 듣고 왔었기 때문에, 입구에서부터 소년을 이끌고는, 곧장 호숫가로 향했다.

호숫가에는 괴물처럼 커다란 기구가 춤을 추고 있었다. 그것은 소리를 빽빽 지르는 사람들을 매달고는 격렬히 움직였다. 김 씨의 어머니가 관람차가 있을 것이라고 말했던 그 호숫가였다. 관람차는 세월을 따라 사라지고 없었고, 그곳엔 그 둘이 아닌 다른 모두를 위한 것들만이 가득했다.

사람들의 옷차림은 편안하기 그지없었다. 김 씨가 어머니로부터 빌린 핸드백과 소년의 아버지의 것으로 보이는, 고가의 타탄체크 블레이저는 그렇게 장소에 안 맞게 초라해져 버렸다.

그날, 그렇게 둘은 영영 갈 곳을 잃었다.

김 씨는 여행 카탈로그를 그렇게 몇 분 바라보다가, 잡념들에 사로잡히는 것도 오랜만이라는 생각을 하며 그것을 덮었다. 출국 날짜까지는 아직 며칠의 여유가 있었다.

　얼마 전 퇴직한 김 씨는, 이번엔 용인의 유원지로 향했다. 얼마 전, 그 근방을 운전해 가면서 커다란 관람차를 본 것이 문득 기억이 나서였다. 그래, 아직은 며칠의 여유가 있어. 그렇게 생각했다.

　과연, 그곳엔 관람차가 있긴 있었다. 다만 그것은 오래전 부터 운행을 하지 않았던 듯 군데군데 녹이 슬어 있었고, 운행 중지라는 표지판만이 그것의 앞에 덩그러니 서 있었다. 관람차는 엽서에서나 봤던, 알록달록 조명이 들어오고 원을 그리는 객실들과, 주변의 하늘에선 불꽃놀이가 배경을 그려주던 멋진 그것과는 아주 달랐다. 김 씨는 그곳에서 한동안 움직이지 않았는데, 몇 가지 생각들이 스쳤기 때문이었다. '외국에선 도시마다 한두 개씩은 꼭 있는 관람찬데, 왜 여기에선 이렇게 찾아보기 힘들까?' 라는 불평 비슷한 것과, 육만 번 이상을 운행하고 멈춰 있는, 마치 죽은 것처럼 보이는 관람차를 향한 애도가 바로 그것이었다.

　그녀는 그것이 남 일 같지만은 않아, 조금은 슬픈 기분이 들었다. 누군가들의 행복이 가득했던 객실들엔, 세월에 의한 녹만이 남겨져 멈춰 버렸다. 일순, 풋풋했던 그 남자의 목소리가 귓가에 들려왔다.

"나, 관람차가 보고 싶어."

해외여행을 떠나기 전날 밤, 김 씨는 오랜만에 깊은 잠에
빠졌다.

꿈을 꾸었나 보다. 김 씨는 운전을 하고 있었고, 조수석에
는 몇 해 전의 그 소년이 타고 있었다. 꿈이기 때문인지는 몰
라도, 오랜만에 만난 그는 여전히 풋풋해 보였다. 볼은 복숭
아처럼 열을 띄었고, 입술은 달아 보였고, 손도 여전히 곧고
부들부들했다. 이번엔 아버지의 것으로는 보이지 않는, 제법
멋진 타탄체크 블레이저 차림이었다.

구불구불한 도로를 달릴수록 유원지의 관람차는 가까워졌
고, 두 사람은 어린아이처럼 기뻐했다. 그래, 무언가에 가까
워지는 것만으로 기분이 좋았던 때가 있었다.

거의 십 년 만에 두 사람은 드디어 관람차에 올랐고, 객실은
삐거덕거리며 두둥실 떠오르기 시작했다. 둘만이 하늘을 날아
오르는 기분. 고도는 높아만 가고, 바깥의 장면들은 시시때때
로 바뀌어갔다. 그에 맞추어 감정도 고조되어 가는 것 같았다.

표정이 뜸한 김 씨마저 전에 없이 환히 웃었다.

높은 곳의 바람이 간혹 관람차를 흔들었다. 어쩌면 위태로운 느낌이 들 수도 있었다. 그러나 소년과 깍지 낀 손에서는, 술기운처럼 행복한 것들이 뿜어져 나와 하나도 무섭지 않았다. 김 씨는 더 더 환히 웃었다.

꿈을 꾸었나 보다. 검은 천장에서 풋풋한 목소리가 다시 들렸다.

"나, 관람차가 보고 싶어."

어쩌면, 그 남자가 정말로 보고 싶었던 것은 관람차가 아니었을 수도 있겠단 생각이 들었다.

잠에서 깬 눈에는 눈물이 흐르는 것 같았지만, 그녀는 풋풋한 그 목소리가 사라질 때까지 활짝 웃어줄 수밖에 없었다.

웃으니 초라하지 않았다.

웃으니 그도 웃었다.

그 예쁜 이름을 소리 내어 말하면
그 어디쯤의 당신이 울게 될까,
그 어디쯤의 당신이 웃어 줄까.
유독 추워 보이던 모습을 기억해.
지금 우리는 너무 멀어졌지만,
나는 여전히 당신이 궁금하고.

네 이름을 부를 것만
같은 날

정처 없이 떠돌아다니길 한 시간째였다. 의미 없이 거리를 휘적거렸다. 누군가 그를 본다면 덩달아 힘이 빠질 만큼 맥이 빠진 모습이었다.

사실 오늘이라고 커다란 불행이 있었던 것은 아니었다. 간발의 차로 매일 아침 타던 지하철을 놓쳤고, 상사로부터 사소한 꾸지람을 들었고, 남자라는 이유로 갖가지 힘쓰는 일들을 도맡았다. 직원 식당의 메뉴는 그가 병적일 정도로 싫어하는 오이 냉국이었다. 그뿐이었다.

그렇지만 사소한 악재들도 모이게 되면 큰 피곤이 되는 법이었다. 오늘이 꼭 그랬다. 게다가 조금 전부턴 가을비가 쏟아지기 시작했다. 마침 대형 서점의 커다란 간판이 그의 눈에 들어와, 그는 잠시 비를 피하고자 그곳으로 향했다.

서점 특유의, 생무를 썰었을 때 나는 것만 같은, 종이의 맵고 쓴 냄새를 맡았다. 날씨가 날씨인지라, 그 냄새는 젖은 공기를 타고 더욱 잘 맡아지는 것 같았다. 그 익숙하고 편안한 감각, 그는 서점을 구경하기를 좋아하는 사람이었다.

그러나 책을 읽는 것은 아니었다. 책 냄새가 주는 차분함, 도서별로 분류된 벤치의, 왠지 모를 공통점을 가진 손님들의 외모와 행동을 지켜보는 일, 책의 제목만을 보고서 상상의 나래를 펼치는 일들은 종종 즐기곤 했던 일상의 별미들이었다. 골고루 잘 보이도록 진열된 베스트셀러들을 보는 일은 마치 예술 작품을 보는 기분이 들게끔 했다.

물론 과거에는 혼자가 아니었다는 것이 유일한 다른 점이었다. 그의 옆에는 이제 같이 서점 나들이를 즐겨주거나, 하루치의 짜증들을 들어줄 그녀가 없었다.

생무를 닮은 냄새를 한입 크게 음미하고, 그는 비로 약간 젖은 머리를 뒤로 쓸어 넘겼다. 입구 쪽에는 중고생들의 입시 서적, 어린이 그림책들이 즐비하게 쌓여 있었다. 와글와글거리는 소리가 귀를 괴롭혔다. 그는 서둘러 서점 내부로 깊숙이, 깊숙이 들어갔다. 문학 코너에서는 좀 전과는 다르게 정숙한 분위기가 흐르고 있었다. 마음에 들었다. 그는 예전에 항상 그녀와 그랬듯, 책을 펼쳐 보지 않고 책의 제목들만을 훑어보기 시작했다.

일본 소설의 제목들은 번역으로 인해 우연히도 아름답게 읽히는 것들이 많았다. 이를테면 반짝반짝 빛나는, 한밤중의 베이커리, 고교생 레스토랑 등. 책의 제목들을 본 그는 웃기거나 흥미로운 이야기를 마구마구 지어낼 수 있을 것만 같은 기분에 휩싸였다. 은근한 짜증들로 가득 차있던 눈은 어느새 흥미라는 것들로 넘실댔다.

그는 그것들 중 하나의 제목을 왼손의 검지로 가리키며 오른쪽으로 고개를 틀었다. 그곳에는, 서점에서 늘 함께였던 그녀가 없었다.

국내 소설들의 제목들은 보이기에 무거운 것들뿐이었다, 어쩌면 무거웠던 것은 그의 마음일 수도 있었겠지만. 그는 개의치 않고 제목을 따라 이야기를 상상하는 것을 계속했다.

사실, 제목을 보고 떠오른 그만의 이야기와 책의 내용은 크게 다를 수도 있었다. 그러나 그에게 그것은 상관없는 일이었다. 왜, 시도 그렇지 않은가. 시는 함축된 바가 너무 많아 누가 읽느냐에 따라 다르게 읽힐 수 있다. 소설의 제목을 보고 이야기를 상상해 내는 것은 그 나름의 시를 쓰는 작업과 같았다.

'새들은 제 이름을 부르며 운다.'라는 책의 제목이 눈에 들어왔다. 멋진 제목이었다. 뻐꾸기는 뻐꾹 뻐꾹, 소쩍새는 소쩍, 소쩍. 생각해 보니 맞는 말이기도 했다. 그들은 자신의 이름을 부르며 운다.

그러나 그는 그곳에 멈춰, 깊은 고민에 빠져야만 했다.

'그들은 정말 자신을 부르는 것일까. 자신과 닮은 누군가를 부르는 게 아닐까.'

TV인지 라디오인지 모를 매체에서 배웠던 것을 떠올렸다. 새들은 주로 짝을 찾기 위해 운다. 사실은 자신을 부르는 것이 아닌 것. 그는 이어서 새가 되어 버리는 막연한 상상에 빠졌다.

그가 뻐꾸기를 닮아 뻐꾹뻐꾹 울지, 소쩍소쩍 울지, 찌르르르 울지는 가늠이 되지 않았다. 다만 그가 울며 부르는 것은 자신의 이름이 아닐 것만 같았다. 지금은 어디에서, 어떤 짝과 있는지도 모를, 그를 닮았었던 그녀의 이름을 부를 것만 같았다.

누군가가 서점 한편에 굳어 있는 그를 살짝 밀치곤, 그 자리에서 책 몇 권을 뽑아갔다. 그는 '새의 환상'에서 깨어나, 사람의 목소리로 그녀의 이름을 작게 불렀다.

이름만 속삭였을 뿐인데, 어쩐지 새처럼 '올 것만' 같은 기분이 들었다.

서로가 너무나 편했고
서로 간에 너무도 허물이 없었어서.
그래,
그렇게 완전히 밀착된 사랑이었어서.
오히려 실망과 환멸만을 피부로 느끼게 돼 버린.
후회와 쓴맛만 상처처럼 남게 돼 버린.

괜찮다 생각했는데
오늘따라

조수석에 앉아 있었지만, 본인이 운전을 하는 것만 같은 느낌이 들었다. 사륜구동의 외제 차량은 그의 힘을 과시라도 하듯, 타이어로 도로를 과격하게 쥐어짜며 코너링을 계속했다. 그렇지만 차량의 내부는 매우 정숙해서 마치 운전 시뮬레이션을 보는 것 같은 느낌도 들었다.

운전대를 잡고 있던 남자는 한 손을 뻗어 그녀의 손을 잡았다. 그의 차를 닮은, 다부지면서도 매끈한 그의 손이 닿을 때, 그녀는 묘한 설렘을 느꼈다. 오랜만에 참 '괜찮은' 느낌이었다.

그는 그녀의 집 앞에 차를 세우고, 자신도 내려 그녀를 가볍게 안아 주었다. 그녀의 올려다본 시야로, 남자의 말끔히 빗어 넘긴 머리카락들이 눈에 들어왔다. 그의 품이 다가와 시야가 어두워진 후론, 과하지 않은 머스크 향이 코에 스몄다. 참 일관되게 멋진 사람이라는 생각이 들었다.

그와의 교제를 주변에 알렸을 때, 가족과 친구들은 복권에라도 당첨된 양 호들갑들을 떨었다. 드디어 제대로 된 연애를 하는구나. 청춘 2막이구나. 똥차가 가고 벤츠가 왔구나. 그래, 그 남자는 좀 아니었다며.

그녀는 샤워를 마치고 몸의 곳곳에 보디로션을 발랐다. 창문으로 불어오는 바람이 로션들을 식히며 기묘한 차가움을 느끼게끔 했다. 이내 가을비가 내리기 시작했는지, '부스스' 하는 소리가 들려왔다. 좋다 할지 홀가분하다 할지 모를 감정이 스쳤다. 썩 '괜찮았다.'

여자는 침대에 기대앉아 외제차를 모는 그 남자의 명함을 뚫어져라 쳐다봤다. 흰색의 바탕에 검은색의 활자들이 당당하게 새겨져 있다. 전문직에 종사하는 삼십 대 초반의 엘리트.

극히 표면적일 뿐이었던, 적인지 친구인지 모를 사람들은 그녀의 교제 사실을 듣곤 노골적으로 이빨을 드러냈다.

'너도 결국은 돈만 아는 속물이야. 속이 새까만 여자였네.' 라며. 물론 그녀는 적과 아군의 개념이 뚜렷한 여자였기 때문에, 그것들을 쉬이 웃어넘길 수 있었다. 무엇보다도 그녀는 독립적인 여자였다. 그녀의 돈벌이 역시 섭섭지는 않았고, 누군가의 등에 업혀 인생을 항해하는 것을 몹시 혐오하는 사람이 바로 그녀였다. 단지 지금 만나는 그가 참 괜찮다고 느껴진 건, 그 남자의 외모와 행동, 손끝까지 하나같이 '당당했기' 때문이었다. 얼마 전까지 만났던 '그 전 남자'와는 극명하게 반대되는 성향이었다. 존재가 뚜렷한 사람. 그녀는 그것이 괜찮게 느껴졌다.

   지금의 그를 만나기 전의 그 남자는, 자신감이랄지 자존감이 거의 0에 가까운 사람이었다.

   그녀가 연애 상대로 원했던 것은 칭얼대는 남동생이 아닌, 서로 믿고 기댈 수 있는 무게감 있는 사람이었을 뿐이었다. 그러나 그는 하루의 모든 것들을 그녀에게 칭얼대듯 늘어놓는 남자였다. 직장 상사의 꾸지람부터, 직원 식당에서 나온 그가 못 먹는 오이 냉국의 이야기까지. 게다가 그는 확실한 것도 없이, 한 치 앞의 미래조차 준비하지 않는 몽상가였다. 그는 그녀를 서점으로 데리고 가, 책의 제목만을 보고 자신만의 소설을 짓곤 하는 괴상한 취미를 지녔었다.

그에 비해 지금 만나는 남자는 모든 것이 당당하고, 단단한 존재였다. 참 괜찮은 남자라고 생각되는 이유가 바로 그것들이었다.

그녀는 두꺼운 재질의 명함을 만지다 돌연 따가움을 느꼈다. 흰 명함의 모서리들은 과하다 싶을 정도로 뾰족했다. 마치 비현실적일 정도로 완벽한 물질을 만지는 느낌이 들었다.

이 명함에서도 그의 품처럼 머스크 향이 날까, 그녀는 코를 갖다 대 냄새를 맡았다. 무를 썰어 놓은 것처럼 매운 종이의 냄새만이 느껴졌다.

'생무의 그것과 닮은, 매운 종이의 냄새.'

그가 늘 서점에서 하곤 했던 말이었다.

몇 년간 응석을 들어줘야만 했던, 몽글몽글하고 막연한 성격의 그 남자는 이제 그녀의 곁에 없었다. 지금의 남자와 윤택하고 썩 괜찮은 일상을 이어 가다 보면 그녀의 머릿속에서 그의 잔상들은 점점 옅어져갈 것이 분명했다. 실제로 그것은 진행 중이었다. 그렇지만 그의 흔적은, 명함의 모서리처럼 돌연 그녀를 찌르는 것이다.

그 '잊힐 것이다.' 라는 사실이 그녀의 괜찮았던 하루를 끝내 흩뜨렸다. 정말 잊힐 것이다.

지긋지긋했던, 남동생인지 아들인지 헷갈리는 연약했던 그 모습들, 칭얼대는 말투들. 그렇게 자신에게 기댈 때면 맡아졌던 부드러운 머리 냄새, 괴상했던 서점에서의 이야기 만들기 놀이, 그러며 웃었던 둘의 시간.

창밖에서는 새 한 마리가 소리를 지르듯 울었다. 비에 젖어 날지 못하는 것인지, 아니면 누군가를 찾는 것인지 모를 울음소리였다.

왜인지 모르겠으나, 마치 잊혀가는 그가 자신을 부르는 것만 같은 느낌이 들었다.

깨끗하고 좋기만 한 사랑이 어디 있겠어.
다 어느 한구석은 더럽고 못났는데.
그래, 그래도 이게 내 사랑인데.
품고 살아가야지 어쩌겠어.

콘택트렌즈

    역 주변에선 여러 옷차림의 사람들이 분주히 움직이고 있었다. 꼭 쌍둥이처럼 비슷한 옷차림의 샐러리맨들은 걷는 모습마저 비슷한 것 같았고, 그들의 중간중간엔 확 튀는 색의 매시 소재 조끼를 입은 종교인들이 무언가를 외치고 있었다. 그들의 신을 믿지 않으면 지옥에 간다는 다소 섬뜩한 말들.

    그녀는 역 주변의 그런 장면들을 얼마간 서서 바라보다가, 고개를 숙여 자신의 옷차림을 훑어봤다. 그들의 옷차림과는 사뭇 다른 것 같았다. 허벅지 부분이 어디론가 찢겨 날아간 청바지에서는 흰 실밥들이 듬성듬성 나풀거렸고, 연한 베이지색의 야상 코트는 사막의 색 같기도 하다가, 언젠가 마셨던 라테의 색 같기도 했다. 어떻게 보든 평일의 오전에 어울리는 옷차림은 아닌 것 같았다. 여행자의 옷차림, 큰 가방이 여행 분위기를 더했다.

역 대합실에는 그나마 바깥보단 분주함이 덜했다. 그리고 그녀는 바닥을 더듬고 있었는데, 콘택트렌즈를 떨어뜨린 탓이었다. 그러나 바닥을 더듬는 손만 더러워질 뿐이었다. 투명한 렌즈는 쉽게 눈에 들어오지 않았다. 더구나 바닥 타일의 난잡스러운 패턴은 시야를 더욱 어지럽게끔 했다.

'어째서 역 바닥의 무늬가 이토록 조잡해야만 하는 걸까, 일들 제대로 못 해?'

애먼 곳에 탓을 했다. 렌즈는 여전히 손에 닿지 않았다. 난잡한 패턴 탓에 안 그래도 침침한 눈이 핑핑 돌았다. 결국, 그녀는 한숨을 깊게 한번 뱉고는, 아직은 온전히 붙어있는 나머지 한쪽의 렌즈도 눈에서 벗겨냈다. 그리곤 가방 속을 뒤적였다.

비상용으로 챙겨 둔 안경은 민망할 정도로 크고 동그란 모양이었다. 그녀가 안경을 낀 모습은 확실히 초라했다. 찢어진 청바지와 연 베이지색의 외투, 그리고 크고 동그란 안경. 안경은 그 옷차림에 묘하게 어울리는 것 같기도 했다. 흡사 어떤 만화에서 봤던 말괄량이 여주인공처럼. 물론 그녀가 원하고 의도했던 모습은 아니었다.

안경을 끼고 나니 어느 정도 세상이 제대로 보이긴 했다. 드넓은 수원역 대합실 구석에 서 있는 자판기, 긴 수염의 부랑자가 그 주변에 제멋대로 나앉아 있었다. 자판기와 노숙자의 사이엔 정체불명의 액체가 고여 있었다. 불쾌한 기분이 들었지만, 누군가가 흘린 커피라고 애써 생각해야 했다. 열차 스케줄을 알리는 전광판이 빨갛고 노란 색깔들로 명확하게 깜빡거리고 있었다. 그녀가 타야 할 열차는 5분 정도 후면 역에 도착한다는 알림도 있었다. 렌즈를 찾느라 바닥을 더듬었던 두 손은 새까맣게 때가 타 있었다. 안경 너머로 그 더러움이 분명하게 비친다. 손을 닦아야 했다.

화장실에서 손을 닦고 거울을 보는데, 그녀에게 문득 창피함이랄지 초라함 같은 것들이 스쳤다. 안경은 유독 크게 보였다. 홀로 떠나는 여행의 시작이 영 재수가 없는 것이다

5번 게이트의 불빛이 반짝였다. 그녀는 곧 들어올 열차에 몸을 실으러 계단을 내려갔다. 그녀가 발권을 받은 좌석은 고맙게도 차창 쪽 좌석이었다. 그나마 다행이라고 생각했

다. 여행의 떨림으로 날숨의 흐름이 일정치 못했다. 몇 해 전에도 대학 면접을 보러 경부선 열차에 올라탔었는데, 그 때에도 꼭 그런 호흡을 했었던 걸로 기억한다. 기분 좋은 긴 장이었다.

드디어 출발한 열차는 크게 한차례 '꿀렁' 움직이곤 천천 히 속도를 내기 시작했다. 흔들림은 차차 잦아들었고, 그녀 는 가방에서 작은 손거울을 꺼내 보았다. 공들여 한 화장과는 어울리지 않는 커다랗고 투박한 안경이 콧등에 얹혀 있었다. 그 너머론 잠잘 때 빼고는 거의 항상 렌즈를 착용했던 탓에 붉게 물든 눈이 보였다. 두 눈은 흡사 토끼의 붉은 눈과 닮아 있었다. 다시 한 번 깊은 한숨을 뱉었다. 과거의 누군가는 가 끔 그녀를 토끼라고 불러 주었었는데. 또다시 한 번의 깊은 한숨을 뱉었다. 마치 기억을 뱉어내기라도 하듯.

경부선 열차는 그녀를 싣고 계속해서 반도의 아래쪽으로 향했다. 평택과 천안을 거쳐, 부산까지 가는 열차였다. 열차 가 앞으로 나아갈수록 건물들의 키는 작아졌고, 전원의 풍 경 비슷한 것들이 스쳐 지나갔다. 건물들로 빽빽했던 시야 가 듬성듬성해져 갔다. 때때로 초라하도록 벗겨진 언덕과 들판들도 보였다. 그녀는 문득 가난해진 기분을 느꼈다.

내내 비어 있었던 그녀의 옆자리는 천안쯤에 와서 치렁치렁한 장신구를 두른 부인의 엉덩이로 채워졌다. 푸짐한 풍채의 중년 여성이었다. 좌석이 꽉 차는 것도 모자라 그녀에게도 그 살집이 닿았을 정도였으니까. 부인이 찬 귀걸이는 또 그 몸체와도 닮아 있어서, 귀를 기울이면 그것의 무거운 알갱이가 흔들리는 소리가 들릴 수도 있겠다는 웃긴 상상을 할 정도였다.

천안을 떠난 열차는 계속해서 달렸다. 그것은 중간마다 보이는 조그만 간이역들을 무심하도록 지나쳤다. 운행 스케줄상 비교적 작은 역들은 그냥 지나치도록 정해진 열차였나 보다. 그녀에게서 저 멀리로 재빨리 작아지는 간이역들은 어째선지 초라하게만 보였다. 다시 문득 초라한 기분이 들었다.

얼마나 달렸을까, 슬슬 지루함이 몰려오고 있었다. 목표로 정해 둔 역은 아직도 한참 멀었었기에, 그녀는 잠시 눈을 붙이기로 마음먹었다.

꿈의 조각은 작고 검은 먼지였다가, 점점 커져 그녀의 의식을 삼켰다.

사랑이 떠나가는 꿈이었다. 행복한 장면들은 싹둑 편집되어 사라지고, 사랑했던 사람이 자신의 품에서 멀어지는 장면부터 시작이 되는 꿈. 그는 가끔 자신에게 토끼를 닮았다고 해 주었었다.

한두 번 꿔 본 꿈이 아니었다. 그것은 그녀가 꿈인 것을 알아챌 수 있을 정도로 익숙한 꿈이었다. 자각몽(自覺夢). 사물이 바닥에 떨어지는 속도를 어림잡을 수 있는 것처럼, 그가 자신을 떠나가는 속도를 알고 있었음에도, 그녀의 손에 그는 잡히지 않았다. 깊은 물 속에서의 허우적댐처럼, 떠나는 연인을 도로 잡아채려는 손이 무거웠다. 누구가가 했던 말을 떠올렸다.

"글쎄, 내가 회사 박 대리랑 머리채를 잡고 싸우는 꿈을 꿨는데, 손이 막 느리게 나가는 거 있지. 그래서 꿈에서조차 져 버렸어. 분해라."

퍽 그것과 닮은 꿈이었다. 아무리 급하게 잡아채려 해도, 그는 꿈의 저 멀리로 떠나 가 버렸다. 그리고 꿈의 한가운데 엔 암흑과 그녀 자신만이 남게 되는 것이다.

사실 깨끗하고 건강한 사랑은 아니었다, 그와 그녀의 사랑은. 오래도록 함께할수록 타락하는 관계였고, 부적절한 관계인 것 같았다. 서로가 습관처럼 서로의 예민한 곳들을 할퀴었다.

그럼에도 예민한 맨살에 '접촉' 시키고만 싶은 사람이었다. 살을 비비면 비빌수록 자신의 피부만 거무튀튀하게 변하는, 기차역의 바닥과도 같은 사람.

꿈에 홀로 남은 그녀가 다시금 팔을 휘둘러봤다. 팔은 그가 떠나기 전보다 훨씬 잘 움직이고 있었다. 민첩한 느낌까지 들었다. 어쩌면 그와의 그런 '부적절한 사랑'이라는 것이, 수중에서의 저항과 같은 '주저함'으로 나타난 것일 수도 있었다. 그녀는 그렇게 생각했다.

어찌 됐건 오늘의 꿈에서도 그녀는 그를 놓쳤다.

"……니다. 내리시는 분들은 두고 가시는 물건은 없는지 확인하시길 바랍니다."

스피커를 통해 들려오는 승무원의 건조하고 무성의한 목소리가 그녀의 꿈을 때려 깨웠다. 주변을 둘러보니 바깥의 해는 어느새 져 있었고, 완연한 전원의 풍경만이 창 안에 그득했다. 눈과 입 언저리가 축축했다. 침을 흘리며 웃긴 모습으로 졸았던 탓이겠지.

'창피해.'

그녀가 다시 한 번 작은 손거울을 꺼내 들었다. 해가 져서
인지 거울은 더 명확하게 보였다. 투박한 안경의, 이제는 익
숙해진 초라한 얼굴이 보였다. 그 안의 두 눈은 여전히 붉게
물들어 있었다. 누군가는 이 얼굴을 보고 토끼를 닮았다고 말
해 줬었다.

'아. 글쎄, 모르겠어.'

정말로, 모르게 되어 버렸다. 붉어진 두 눈이, 오래되고 오
염된 렌즈 탓인지, 아니면 붙들고 싶었던 사람을 놓친 슬픔
탓인지, 모르게 되어 버렸다. 단순히 눈병이 든 건지, 아니면
항상 슬픈 채로 살고 있기에 눈이 벌겋게 충혈이 된 건지를
모르게 되어 버렸다.

여행길의 출발점에서 렌즈를 잃어버렸고, 그길로 제법 화
려하게 꾸몄던 얼굴을 잃었다. 렌즈는 불편하고 이미 오염된
것이라 해도, 되찾길 원했던 것이었다.

사랑의 여정에서 사람을 잃었고, 그길로 초라함과 마음의 가난을 얻었다. 부적절하고 옳지 못한 사랑이라 했어도, 계속 붙들고만 싶었던 것이었다.

경부선의 열차는 멈추지 않고 달리고 있었고, 어느새 어두워진 창밖은 바닥을 더듬던 그녀의 손바닥처럼 검었다.

그 여름에는
당신에게 곧 닥쳐올 추위를 걱정했습니다.
내 마음이 그렇게 성급했습니다.
그러다 내가 이렇게 먼 곳까지
당신이 전혀 보이지 않는 곳까지
홀로 와 서 있는 건지도 모르겠습니다.
이 겨울에
당신에게 곧 닥쳐올 더위를 걱정합니다.

9월

그녀는 9월을 보내고 있다.

인사동을 걷는 것을 좋아했다. 가을이란 걷기에도, 정취를 느끼기에도 최적의 계절이었다. 9월은 어쩐지 가을의 색과 여름의 색을 동시에 가진 것 같은 달이었다. 그녀는 얇은 티셔츠를 입고, 한 손에는 적당히 품이 넓은 카디건을 챙겨 거리로 나왔다.

며칠 전, 친구 B가 정신을 차려 보니 9월이라며, 이제 완벽한 이십 대 후반이 되었다며 호들갑을 떨던 모습이 머리에 스쳤다. 그 친구는 달이 바뀔 때마다 그녀에게 꾸준히 호들갑을 떨곤 했었다.

'그래, 벌써 9월인가.'

그러나 고개를 위로 꺾어 보니, 여전히 강렬한 햇빛이 자신에게 쏟아지고 있었다.

'도대체 뭘 입으란 거야.'

여자는 작은 한숨을 쉬며 반팔 차림으로 거리를 걷기 시작했다. 그녀처럼 이 주변에 사는 건지, 거리의 초입에는 밋밋하고 별 볼 것 없는 옷차림의 젊은이들이 군데군데 보였다. 특별할 것 없는 날이었다.

거리는 여느 때처럼 정적이면서 동적이었다. 몇 블록마다 보이는 찻집과 전통 기념품 가게의 물건들, 정겨운 발음의 우리말 간판들은 몇 천 년 전부터 그렇게 자리를 지켜왔던 듯 고요하며 정적이었고, 힘찬 걸음으로 이곳저곳을 탐닉하는 타지의 젊은이들과 외국인들은 인사동의 새로운 주인이 된 양 역동적이었다.

인사동은 그녀에게 여행객들과는 또 다른 의미로 신기한 장소였다. 그렇게 습관처럼, 매일매일 그곳을 휘젓고 다니는데, 매일을 돌아다녀도 새로운 골목, 새로운 그림들이 눈에 띄는 것이었다. 마치 그녀가 밤에 잠을 자는 사이 누군가가 새로운 골목과 갤러리들을 만드는 것만 같았다.

검은 티셔츠를 꽉 끼게 입은 백인 남성들의 무리가 지나갔다. 그것은 단체복이었는지, 옷들의 이곳저곳에 해골 그림이 그려져 있었다. 그녀는 그들이 지나간 자리에 남은 열기를 오롯이 코로 마셔야만 했다. 8월의 한가운데에 있는 것처럼 더운 기분이 들기 시작했다. 어디선가 매미 울음소리가 들리는 것도 같았다. 그녀는 쾌적하고 한가로운 장소가 간절해졌다.

오늘 찾아낸 갤러리 역시 새로운 곳이었다. 내부는 온통 흰색이었고, 신기하게도 그림들 역시 모두 흰 색조의 그림들 뿐이었다.

그것들은 가까이서 보면 모두 설경을 그린 그림들이었다. 썰매를 타는 얼굴이 벌게진 어린아이의 그림, 사냥용 털모자를 쓴 수염 난 남자의 초상, 눈으로 뒤덮인 벤치. 여자는 그림 탓이었는지, 아니면 갤러리의 에어컨 탓이었는지 한기를 느껴. 카디건을 걸쳤다.

계속해서 둘러본 갤러리의 구석에는, 극히 사실적으로 표현해 낸 눈 바닥이 그려져 있었다. 햇빛에 반사된 여러 색의 눈의 결정들이 보였다. 그 위로 갤러리의 창에서 들어오는, 실재하는 햇빛이 한 겹을 더하고 있었다.

현기증이 일었다. 여러모로 시기에 맞지 않는 그림과 장소였다. 문득 '그 남자' 역시 그림의 속처럼 추운 곳에 있을 것만 같다는, 막연한 추측을 했다.

'눈 내린 9월은 지구 반대편에나 있겠지, 그렇다면 그 남자는 호주쯤에 있을까.'

갤러리의 창문으로 내려다본 거리에는 땀 흘리는 사람들이 지천이었다. 정반대로, 그녀가 서 있는 곳은 두 눈과 피부 위로 한기가 흐르는 곳이었다.

그 남자 역시 이곳의 안과 밖처럼, 그녀와는 반대인 사람이었다. 작년 이맘때쯤, 남자는 그녀를 9월의 한낮처럼 사랑했다. 밤이면 9월의 밤바람처럼 그녀를 간질였다. 하지만 행복 넘치던 나날은 짧았다.

겨울의 입김이 눈에 또렷이 보이기 시작할 때쯤, 남자는 돌연 모습을 감추었다. 여자는 그가 달구어 놓은 자신을 어쩔 줄 몰라 한동안 열병을 앓았다. 그리고 그것은 아직 진행 중이었다.

여자는 종종 한겨울의 꿈을 꾸었다. 남자는 한겨울의 눈밭을 걸었다. 그리곤 매서운 사냥꾼처럼 자신을 쏘아봤고, 여자는 겨울의 벤치처럼 그 자리에 홀로 남겨지곤 했다.

'지구 반대편의 호주에선 잘 있니. 거긴 겨울의 막바지이
겠구나.'

여자는 갤러리를 나서며, 실제론 어디에 있는지도 모르는
그의 안위를 물었다. 9월의 늦겨울을 즐기고 있는 그가 상상
이 됐다.

오후 3시의 인사동이 내뿜는 열기는 조금 전보다 더 뜨거
웠다. 거리의 외국인들은 이상한 모양의 아이스크림콘을 하
나씩 들고 거기를 누비고 있었다. 조금 전까지 걸치고 있던
카디건이 일순 답답하게 느껴져, 그녀는 얼른 그것을 벗으려
몸을 뒤틀었다.

입고 있던 옷을 도로 벗는 것은 몹시도 귀찮은 행위였다.
그녀는 짜증과 슬픔이 섞인 감정을 느꼈다. 무엇을 어떻게 입
어야 할지 모르겠는 나날, 9월이 얼른 지나가 버렸으면. 9월
이 얼른 지나가 버려서, 이곳은 시원해지고, 지구 반대편의
계절이 다시 따뜻해졌으면.

그래서 그의 마음도 다시 따뜻해졌으면.

그래서 나에게도 다시 돌아왔으면.

절실해져서야 기억해 냈다,
아픈 날이면 누군가 나를 품어 줬었단 걸.
내가 그걸 참 좋아했었단 걸.
나는 사실 어리광이 참 많았었다는 걸.
다 크고 나서야 알게 됐다,
자주 앓는 나에게 필요한 건
작은 품 하나였고 그 품의 따뜻함이었다.
평생을 아플 거라면 꼭 안긴 채로 아프고 싶다.

당신의 시선이
좋아서
●

흔들흔들 걷는 중이었다.

떨어지는 것들이 왜 아름다운지에 대해서도 생각했다, 가을이 끝나갈 무렵의 낙엽들을 보면서. 몇 밤 정도 더 자고 나면 하늘에서는 하얀 눈들이 또 떨어질 것 같았다.

A는 옷장에 넣어 뒀던 머플러니, 스웨터 같은 겨울 옷가지들을 꺼내 놓아야겠다고 생각했다. 기껏 해봐야 검고 희고 회색의, 무채색인 것들뿐이겠지만.

흔들흔들 걷는 길, 은행잎이 깔린 바닥들은 푹신푹신했다. 그렇지만 푹신거리는 와중에도, 중간마다 속이 빈 도토리들이 계속 발에 챘다.

최근, 그녀에게 이별이 찾아왔다. 이별 뒤에도 시간은 담담하게 흘렀다. 그렇게 며칠이 지나고, 그녀에게 남아도는 것은 시간이었다.

필요 이상으로 여유로워진 그녀의 시선은 길 위의 읽을 수 있는 것은 무엇이든 읽어댔다, 잘근잘근 씹듯이. 하물며 음식점의 요일 행사를 알리는 현수막이며, 색이 바랜 간판들, 바닥 이곳저곳의 유흥업소 전단마저도. 자신의 것이 아닌 세상의 이야기들은 무엇이든 흥미롭게 다가왔다. 남아도는 것은 시간이었다.

저 앞 초등학교의 운동장에서 사람 몇 명이 찔끔찔끔 움직이고 있는 것이 보였다. 멀리서 보는 모습만으론 일부러 어정쩡히 뛰는 것처럼 웃긴 모양새였다. 슬슬 걸어서 찾아 가 본 학교의 운동장에는, 그녀가 멀리에서 바라볼 때보다도 더 많은 수의 사람들이 도란도란 모여 있었다.

말 그대로 도란도란한 모양새였다. 사람의 수에 비해 시끄럽지도 않고, 활발한 움직임도 없는 모습. 구령대의 구석에는 작은 현수막이 걸려 있었는데, 그곳에는 〈AA초, BB초, CC초 1953년 졸업생 연합 체육 대회〉라고 적혀 있었다. 칠십이 부쩍 넘은 사람들의 체육 대회라니, 그녀는 멀리서 우스꽝스럽게 바라봤던, 아까 전 자신의 시선이 덜컥 미안해졌다. 어정쩡하고 찔끔찔끔했던 몇 명의 뜀박질은, 가까이서 보니 꽤 진지하고 열심히 임하는 달리기였다.

A가 본 노인들의 표정은 더없이 밝았다. 얼마나 활짝 웃는지, '저 사람들, 과연 정말 국민학생일 때에도 저렇게 즐겁게 뛰었을까?' 하는 의구심마저 들 정도였다. 운동장 이곳저곳에 배치된 학생용 의자들에는 각각의 이름표가 붙어 있었다. 그리고 몇몇 자리에는 듬성듬성한 모양으로 자리의 주인이 앉아 있지 않아, 쓸쓸한 모습을 연출했다. 의자의 주인들이 왜 모습을 감췄는지는 그녀가 감히 어림잡을 수 없는 것들이었다.

그녀는 다시 생각했다. 떨어지는 것, 쇠락하는 것은 왜 아름다운가. 생의 거의 끝자락의 체육 대회에는 왜 즐거움과 웃음이 더더욱 가득한 걸까.

운동장의 흙바닥은 기분 좋게 푹신거렸다. 하지만 듬성듬성 비어 있는 노인들의 자리들은, 속이 빈 도토리가 발에 채듯 계속해서 시선에 챘다. 아름다우며 동시에 쓸쓸한 기분이 들었다. 그리고 다시 한 번 생각했다. 그래도 난 달리기는 늙어 죽어 버려도 싫어.

그녀는 초등학교의 운동장을 벗어났다. 슬슬 배가 고픈 것 같았다. 걷는 곳곳마다 음식 냄새들이 진동하고 있었다. 배가 고파서인지 냄새들은 더욱더 맹렬하게 코를 찔렀다.

마침 헤어진 그와 자주 찾곤 했던 베이커리가 눈에 들어왔다. 아니, 과자점이라고 해야 더 맞을까. 오래된 빵집이었다.

퍽퍽해 보일 뿐인 빵을 하나 손에 집어 들고 다시 걷는 길, 그곳엔 여전히 흥미로운 것들이 널려 있었다. 교복을 나풀거리며 걷는 학생들, 관광버스의 유려한 코너링. 그리고 여전히 남아도는 것은 시간이었다. 길을 걸으며 먹는 빵은 꽤 맛이 좋았다. 사실, 그와 연애할 적에 이 베이커리의 빵을 먹었던 이유는 단지 서로의 집과 가까웠기 때문이었는데, 혼자가 되어 버린 처지에서 오롯이 음미하는 빵은, 새로 먹는 듯 맛있게 느껴지는 것이었다.

A는 집에 돌아와서, 옷장 안에 잠자고 있던 겨울옷들을 하나하나 꺼내 보았다. 역시나 예상한 대로, 검고 희고 회색의, 무채색 옷들뿐이었다.

그렇지만 하얀 옷들은 그녀에게 유독 예쁘게 보였다. 얼마 후면 내릴 눈처럼 하얬다.

'내가 온통 하얗게 입은 채로, 어딘가에서 팔랑팔랑 하고 떨어진다면, 누군가도 나를 아름답게 봐줄까. 그렇지만 누군가에

게 아름답게 보인 다음엔, 땅에 떨어져 죽어 버리겠지.'

　그리고 그녀는 곧바로 그것이 쓸데없고 터무니없는 상상
이라고 자책했다.
　그렇지만 만약 자신이 눈처럼 떨어진다면, 그걸 아름답게
봐주면 좋겠다 싶은 사람은 곧바로 떠올랐다.
　모든 것은 떨어지는 것이 아름다웠다. 끝날 때쯤이 아름다
웠다.
　A와 그의 관계도 그랬다. 소중하지 않았던 것이 소중해지
고, 수수했던 것들은 수려하게 다가왔다. 아마도 이건 그리
움인가, 그렇지만 아름답게 느껴진다는 것은 곧, 끝이 났다
는 뜻이었다.

　A는 가만히 침대에 누웠고, 담담하게 울었다. 여러 아름다
운 것들이 스쳤다. 떨어지는 낙엽, 으깨어진 단풍, 속이 비어
버린 도토리와 노인들의 체육 대회. 새삼스럽게 맛있는 빵
과, 눈처럼 떨어지는 자신.
　그것을 예쁘게 봐주는 당신.

마음도 공기처럼 떠다니는 거라면 좋겠다.
그럼 내 짜디짠 미련
엊그제쯤 뱉은 뿌연 그리움을
당신이 마시게 될 날도 올 텐데.
몇 년 몇십 년을 떠돈다 해도
언젠간 반드시 당신에게 닿을 텐데.
그렇게라도 이어질 텐데.

마음의
바다

여자는 거울을 보았다.

자신의 얼굴을 찍기 위해 거울을 향해 휴대 전화를 들이대 보았으나 이내 포기한다. 샤워를 하다가 튄 거품의 자국들로 거울은 깨끗하지 않았다.

거울에 얼굴을 최대한 밀착시켜, 여러 표정을 지어 본다. 눈이 지나치게 크고, 입술 또한 과하게 두껍다. 몇몇 사람들은 자신을 보고 '물고기상'이라고 말했다. 정작 그녀 본인은 고양이상의 샐쭉하면서 요염한 외모이기를 원했는데, 실제로는 고양이의 먹이에 불과한 물고기상이라니, 처음엔 몇 번이고 강한 부정을 했었다. 그러나 시간이 지나며 거울을 들여다보는 시간이 많아질수록 자신의 얼굴이 물고기의 그것과 어느 정도는 닮았다는 것을 인정하기 시작했다.

그녀를 향한 사람들의 시선 하나 더. 그녀는 항상 무표정한 편이라서, 다른 여자들만큼 섬세하지 못할 것이라는 것.

그러나 그녀는 그런 시선들에 대해서도 억울함을 토로하고 싶었다. 어쩌면 자신은 다른 보통의 여자들보다도 더 섬세했다. 그녀가 예쁘게 생긴 케이크를 보며 공주님처럼 아기자기하게 감탄사를 뱉는다거나, 아주 작은 강아지가 귀여워 미치겠다는 듯의 말과 행동을 하지 못하는 것은 확실하다. 그렇지만 그녀는 단지 자신만의 방식대로 사랑하고 싶은 것들을 사랑하고 싶을 뿐이었다. 케이크의 접시를 여러 방향으로 돌려서 이곳저곳을 보다가, 냄새를 맡았다가, 손가락으로 찍어서도 먹어 보고, 세상 가장 행복한 표정으로 그것을 만끽하고 싶었고, 다리가 짧고 몸집이 아주 작은 강아지가 엎어져서 낮잠을 잘 땐 그 옆에 똑같은 자세로 엎어져, 강아지의 시선과 기분으로 함께 잠을 청하고 싶을 뿐이었다. 다만 그러지 못한 것은 그 빌어먹을 놈의 시선들 탓에. 그렇게 심각한 얼굴로 그런 행동들을 하는 것을 들키게 된다면, 곧바로 미친 사람 취급을 받을 것이 뻔했다.

그녀가 남들보다 더 섬세하다는 증거 하나 더. 그녀는 지금 관광 명소도 아닌, 초라하고도 외딴곳의 바닷가에 와있다.

여행이라고 부른다면 여행이었고, 또 그녀의 옷차림을 보자면 여행이 아니었다. 그녀는 흰색과 베이지색 중간의 포멀한 디자이너 브랜드 수트를 입고 해변에 서 있다. 그녀가 신고 있는 스틸레토의 굽은 몹시 얇고도 길어서, 그것을 모래에 푹푹 꽂아 가며 걷는 모습이 몹시 우스꽝스럽기도 했다.

그녀가 이곳에 있는 것도 앞서 말한 '여성의 섬세함'이라는 것이 폭발적으로 터져 나왔기 때문이었다. 그녀는 오늘 아침 사무 도구함의 스테이플러를 보았다. 그리고 그녀가 보기에 그 모양은 그녀의 입술을 장난스럽고 부드럽게 깨물던 그의 치아와 같았다.

그는 그녀를 떠나며 앞으로는 자신을 죽은 사람으로 여겨달라고 간청했다. 예를 들면 '어딘가의 바다에 빠져 죽은 사람' 쯤으로 여겨달라고.

그녀는 그때쯤부터, 어쩐지 인적이 드문 바닷가를 골라 여행을 떠나면 그가 바닷속에서 걸어 나올 것 같다는 막연한 망상에 휩싸였고, 돌연 반차를 사용해 이 바다까지 달려 와버린 것이다.

모래사장의 입구에는 '마음의 바다'라고 쓰인 녹색 철제

표지판이 서 있었다. 마음 안에 너른 바다가 있다는 걸까. 녹색 철판의 이곳저곳이 갈색으로 녹슬어 있었다. 여자가 알기로 그것은 '해풍부식'이라는 것이었다. 어촌에 부는 바닷바람에는 염분이 포함되어 있어, 바닷물이 닿지 않아도 자동차나 주방 집기 같은 것들이 부식되는 현상이었다. 여자는 다시 한 번 자신의 가슴께에서 '섬세함'이라는 게 용솟음치는 것을 느꼈다.

'아, 이쯤 되면 사실, 바다는 바다고, 서 있는 육지 또한 바다가 되어 가는 중인 게 아닐까. 사람들이 내게 물고기상이라고 말하는 것처럼 사실 나는, 인간과 어류의 그 중간지점에 있는, 양서류와 같은 존재가 아닐까?

여자는 눈을 감고 목 언저리의 아가미를 움직이려 애써보았다. 아직 진화가 덜 진행되었는지 아가미는 작동하지 않았다. 여자는 눈을 떠 '마음의 바다'라는 철판을 다시 지그시 바라봤다.

'아니, 사실 〈마음의 바다〉라는 말은 내 마음속에 넓은 바다가 있다는 뜻이 아닌 것 같아. 사람의 어떤 마음들은 플랑

크톤처럼 공기 중을 떠돌고, 또 어떤 마음은 야광 해파리처럼 빛이 나기도 하는 거지. 그렇게 인간의 마음들이 지구 전체를 덮고 있는 게 진짜 바다와는 또 다른 〈마음의 바다〉인 거야.'

여자는 구두 굽 자국을 푹푹 찍으며 바다 쪽으로 걸었다. 그리고 몸을 낮춰 손으로 물을 떠서 맛보았다. 짰다. 물기가 남은 손에는 짠 내가 남았다. 실로 짠 내 나는 신세였다. 궁상맞게 흘렸던 눈물의 맛이 이것과 비슷했던 것 같았다. 그리곤 상상했다. 인간의 마음들이 모인 마음의 바다라는 게 실제로 있다면, 자신의 마음은 사해 그 어딘가의 짜디짠 물의 어딘가에 있지 않을까 하는.

날은 하루가 다르게 추워져만 가고
나는 1인분의 36.5도만으로
추위를 견뎌낼 만큼 건강한 사람이 아닙니다.
열대 지방이 고향이었을 어떤 앵무새처럼
겨울이 되고 나서야 몸을 부르르 떨기
시작하는 거예요.

에로
비디오

●

아무개의 집, 아니, 자취방이라는 표현이 맞을까.

그 한낮의 창가에서는 작은 먼지들이 마치 결혼식장에서의 축하 꽃가루들처럼, 지난밤의 싸라기눈처럼 날리고 있었다.

창가는 고급 주택의 광활하도록 넓은 창들에 비해 턱없이 좁고 작아, 파고들어 오는 광선과 어두운 부분의 대비를 두드러지게끔 했다. 정말, 광선(光線)이라는 것이 확연히 잘 보일 정도로 빛은 한정적으로 들어오고 있었다. 먼지들은 그렇게 그 빛줄기의 주변에서, 그토록 가난이 넘치는 곳에서 더욱 축하처럼 나부끼고 있었다.

정오가 되기 몇 분 전쯤, 휴대 전화 요금이 미납되었음을 알리는 메시지의 알림음이 그녀의 잠을 깨웠다. 한 달에 한 번씩은 꼭 찾아오는, 무척 불쾌한 기상이었다.

아무개는 작은 탁자 위에서 볼품없이 식어버린 피자 몇 조각을 먹으며 머릿속의 계산기를 돌렸다. 통신 요금이 빠져나가고 나니, 머릿속 남은 공간에선 파란 지폐 몇 장이 펄럭였다.

"괜찮아, 이 정도면 가까스로 배는 고프지 않겠어."

눈여겨봐 두었던 올리브색 환절기용 코트는 한 달 뒤에나 살 수 있을 것 같았다.

아홉 평 남짓한 작은 집에는 그 규모에 맞지 않게 여러 가지 물건들이 눌러앉아 있었다. 소형 청소기, 길거리 패션을 다룬 잡지 네댓 권, 전신 거울, 전자레인지보다도 작은 TV, 그리고 커다란 다크 초콜릿을 닮은 비디오테이프 재생기까지(요즘 시대엔 찾아볼 수 없을 정도로 구시대적인 물건이다). 모두 본가에서 가져온 것들이었다.

낮의 직사광선은 시간이 흐를수록 더 강렬해지고, 아무개는 그 답답함을 참을 수 없어 작은 창문을 열었다. 그리곤 집 곳곳의 먼지를 털어냈다.

뱉어낸 숨에서 엷게 맡아지는 피자의 냄새, 조금은 찬 것 같지만 온몸으로 마실 수 있는 깨끗한 바깥 공기, 끝없이 밑으로 파고들어 가는 것만 같은 깊은 침대, 부들부들한 이불의 촉감. 기분 좋은 감각들은 조화로이 섞여 묘한 노곤함을 불러왔다. 쾌감 비슷한, 혹은 그 이상의 감각을.

아무개에게도 그런 날이 있었다. 아무개의 방에 그 사람이 자주 머물렀을 때, 그때도 축하 꽃가루들과 닮은 먼지들이 창문에서 쏟아져 내리고 있었다. 아무개는 그 사람과 껴안은 채 발을 포개어(그의 두 발 위에 아무개의 두 발을 올린 자세로), 구 평 남짓한 좁디좁은 방을 이인이각(二人二脚)으로 걸었다. 그것은 작은 방 안 두 사람만의 웨딩마치였다.

두 사람은 해가 질 때쯤이면 비디오테이프 서너 편을 쌓아두고 보았다. 모두 90년대와 2000년대 초반에 만들어진, 지금은 구하기도 힘든 물건들이었고, 개중엔 에로 장르의 비디오테이프도 있었다. 비디오의 요란한 제목과 설정에서, 그리고 작품 속 남자 배우의 구레나룻과 여배우의 거추장스러운 프릴 블라우스, 두 사람의 인위적인 교성을 보며, 아무개와 그 사람은 배를 잡고 웃곤 했었다.

비디오테이프가 다 돌고 방의 불이 꺼지고 나서도, 고요

속에서 서로를 바라보는 두 사람의 눈빛은 한낮의 먼지처럼 반짝였었다.

응응응응—

바깥으로부터 들려오는, 대충 듣기에도 적재 용량이 큰 덤프트럭의 엔진음이 아무개의 전신과 침대를 흔든다. 이제는 그만 과거의 기억들로부터 좀 깨어나라는 듯이.

'그래, 그럴 때가 있었어.'

어느새 아무개의 몸은 그것을 감싸고 있던 기분 좋은 감각을 놓치고 말았다. 한낮의 간지러움과 노곤함, 애처로운 성욕 비슷한 것은 조금 전 먹었던 피자처럼 싸늘하게 식어버렸다.

그녀는 뜨거운 물을 올려, 유통 기한이 지난 커피를 탔다. 커피 가루들은 공기에 노출되어 산패(酸敗)된 탓인지, 쓰기만 쓰고, 향은 거의 없어 밋밋할 뿐이었다. 꼭 과거의 어떠한 시간들처럼. 지나간 사랑의 기억들처럼.

바깥으로부터 불어 들어오는 공기에선 이제 더는 상쾌함이 느껴지지 않았다. 차가움뿐이었다.

아무개는 천천히, 일인이각(一人二脚)의 모양새로 창가를 향해 걸어가, 그 창문을 닫았다. 그리고 남은 철저한 고요에는, 2인분의 수다도, 오래된 영화의 촌스러운 효과음도 없었다.

아무개는 애써 아홉 평 남짓한 자신의 방에 기억들을 늘어놓아 본다. 왁자지껄했던, 누군가와 함께였던 나날들의 기억들을. '그래, 그럴 때가 있었어.' 하고.

그렇지만 '기억의 유통 기한'은 이미 다 지나버린 걸까. 시간이라는 공기에 노출돼 산패한 기억 속에는 쓴맛만이 남아 있었고, 향기는 미미했다.

세기의 로맨스 영화인 것만 같았던 기억들이었는데, 이제는 대부분이 남아 있지 않아, 삼류 에로 영화와 같이 싸구려 교성들로만 가득 차 있다. 수수했던 기억은 온데간데없이, 강렬한 몸의 기억들만 남아 버린 것이다. 그녀는 자신의 그런 동물적이고 탐욕적인 본능에 역겨움을 느꼈다. 기껏 기억해내는다는 게 결국 그 사람과의 잠자리뿐이라니.

검은 비디오테이프 재생기의 주둥이를 벌려 보았다. 어떤 테이프도 들어 있지 않았다. 아무개에게도 재생할 기억이 별반 남아 있지 않았던 것처럼.

옆 동네의 비디오테이프 대여점은 시대의 흐름을 따라 얼마 전에 문을 닫았다. 동시에 그렇게 두 사람의 기억 하나도 문을 닫았다.

온 힘을 다해 누군가를 안고 싶고, 온 입으로 다른 입을 물고만 싶었다. 비단 성욕 때문만은 아니었다, 쓸쓸함 탓이었다.

어울리지 않게 파스타를 먹던 때가 있었다.
당신이 나의 주식이었던 나날들.
모시조개처럼 환한 당신의 얼굴을 보며 나는 언젠가,
—이곳은 링귀네를 면으로 썼군.
애매한 아는 체를 한 적이 있었고 당신은,
—이건 링귀네보단 페투치네에 가까워.
라고 선을 긋는 것이었다.
몇 번의 숙취가 지나고 뒤늦은 자기소개를 해본다,
더운 낮에 홀로 짬뽕을 먹으면서.
—나는 사실 당신과 입맛이 정반대일 수도 있겠어요.
—저는 이걸 좋아하는데 그쪽은 뭘 좋아하시나요.
싸구려 홍합은 죽어 있던 것인지 열리지 않았고,
안에선 함께 죽었을 여러 비밀들만 짜디짜게 새어 나온다.
—저는 고상하지 않아서, 저는 이런 사람이라서.
어떤 언어학자가 연구하는 죽은 언어처럼,
입을 떠나도 어딘가로 도착하진 않는 말이 있다.
너무도 늦은 나의 소개말 속의 말.
당신의 링귀네일 수 없었던 나.

크리스마스

그녀는 느낌을 먹고 사는 여자이다. 느낌이 없으면, 그녀는 죽는다.

그냥, 꼭 그럴 것만 같았다. 느낌을 먹지 않으면, 차에 치여 죽는 것처럼 시체가 남는 죽음이 아닌, 어느 순간 휙 하고 존재 자체가 사라지는 죽음이 찾아올 것만 같았다.

느낌을 먹는다는 건 이런 것이다. 그녀는 남들처럼 길을 걷다가도, 느낌이 좋은 곳에 있다고 여겨지면 발을 멈춘다. 그리고 모든 것을 온몸으로 느끼는 것이다. 봄을 예로 들자면 그것의 약동하는 설렘, 언 땅을 뚫는 작고 파란 것들의 움직임, 지나가는 사람들의 얇아진 옷들, 이런 것들을 오롯이 자신의 것으로 만든다. 그녀는 그럼으로써 한 계절을 버텨낸다. 하루라도 느낌을 먹지 않으면, 밥을 먹어도 헛숟가락질만 몇 번 하곤 그만두고 말았다.

겨울은 크리스마스만을 바라보며 미친 듯이 달리는 계절이다. 백화점, 커피숍, 심지어 사람들마저 크리스마스가 다가올수록 들뜬 얼굴이 된다. 이날 이후의 겨울은 조금 심심해지는 느낌마저 들었다. 그야말로 그 날은 '느낌'이라는 것이 겨울 중 가장 넘치는 날이었다.

그날 오후, 그녀는 잠에서 깨어 고양이 세수를 하곤, 바로 옷을 입기 시작했다. 시계는 벌써 저녁 다섯 시를 가리키고 있었다. 겨울은 겨울인 것이, 예전이었으면 한창 쨍쨍했을 시간이었지만, 벌써 땅거미가 내리기 시작하고 있었다.

그녀는 검은 터틀넥, 복사뼈가 보일 만큼의 기장을 지닌 검은 바지, 그리고 두툼한 검은 코트를 꺼내 입었다. 마지막으로 검은 페니 로퍼를 신고 나와 본 밖의 풍경은 새카맣고 새하얬다. 겨울 중 가장 큰 축제가 길 저 멀리서 이미 열리고 있다. 찬 공기가 목 언저리를 긁고 갔다.

그녀는 묘한 추위와 설렘을 동시에 느껴, 긴 한숨을 뱉었다. 입김은 담배 연기처럼 풍부하게 나왔다. 담배는 피우지 않았다. 그러나 그녀는 한 번 더 중지와 검지를 모아, 담배를 피우듯 입술에 가져다 댔다. 메말라 가던 느낌을 양껏 먹을 생각에 들뜬 기분이었다.

거리는 속된 말로 '난리판'이라고 부를 수 있을 만큼 복작 댔다. 불빛들이 사방에서 눈부시게 비췄고, 그것은 걸음을 활기차게 만들었다. 어르신들은 제각각 손에 봉투를 들고 그녀의 주변을 지나쳤다. 따뜻하고 진한 음식 냄새가 함께 지나 갔다. 이 봉투는 치킨, 저 봉투는 파이 같은 것이 들어 있는 것 같았다.

카페 앞의 산타 인형은 기잉기잉 팔을 휘저으며 춤을 췄다. 인형은 알 수 없는 말을 반복했다. 그렇지만 이내 그 기잉 기잉거리는 소리와 기계음 섞인 목소리는, 거리를 밀도 있게 메우는 크리스마스 캐럴들에 뒤덮여 사라졌다.

조금 더 주의를 기울여 거리를 바라보니, 모두가 비슷한 옷차림들이었다. 짙은 녹색과 붉은색의 옷들이 여럿 보였다. 그것은 마치 거리를 비추는 불빛처럼 그녀의 홍채를 비췄다.

아주 조금 더 주의를 기울여 보니, 그들은 다들 함께였다. 부자지간이건, 연인 사이건, 친구 사이건, 그들은 '함께'인 모양으로 분주히 겨울의 메인이벤트를 즐기고 있었다.

그들과는 달리, 온통 검은 옷에, 홀로 거리를 거니는 그녀는 잠시 외로움을 겼다. 그렇지만 이내 괜찮아졌다. 혼자만이 '느낌'을 온전히 먹을 수 있었다.

아, 이것이 크리스마스의 마법. 선물을 주고받는 두근거림이 온 세상을 뒤덮고 있었다. 눈 구정물은 포도 슬러시처럼 보이고, 퀴퀴한 하늘은 솜처럼 따뜻하게 가라앉아 주었다. 일상의 것들도 아름답게만 보이는 날이었다. 그녀는 가만히 크리스마스의 느낌을 먹었다. 혼자여도 나쁘지 않았다.

해가 완전히 지고 나서야 집으로 돌아가기 위해 번화가를 빠져나왔다. 왁자지껄했던 거리와는 반대로 적막한 겨울 길이었다. 성당의 울타리 안에는, 사람들이 유리관 안에 촛불들을 옮기고 있었다. 축제의 날에 비해 한없이 소박한 모습이었다. 그렇지만 그것을 보던 그녀는 한없이 아늑한 기분이 들어 다시 눈을 감았다.

한없이 초라했던 겨울날들, 형편없던 그의 모습이 떠올랐다. 말 그대로 참 형편없던 남자였다. 그렇지만 그녀는 그를 안고 있을 때면 평화를 느꼈다. 지금 '느낌'을 먹고 사는 것처럼, 그때의 '그 사람'을 먹으며 세상을 버틸 수 있었다. 여자는 도로 눈을 떴다.

그래, 몇 년 전 그때쯤부터였다. 그녀가 남자의 모습을 먹는 대신 거리의 느낌을 먹기 시작한 건.

담배는 피우지 않는다. 그렇지만 그의 모습이 보이지 않고부터, 그녀는 몇 년째 꾸준한 금단 현상을 겪는다.

그녀는 다시 빈손으로 검지와 중지를 모아, 입으로 가져가 대봤다.

사실이었든
사실은 그렇지 않았든,
그게 뭐가 중요한가요?
당신은 내게 애틋하고 예쁘게만
그렇게 빛나는 쪽으로만 기억되고 있는데.

경
복
궁

경복궁은 낯설었다.

그의 고향은 서울이었다. 그러나 부모의 사업 탓에 중학생일 무렵부터 서울을 떠나 살았기에, 서울의 대표적인 관광 명소조차도 낯설게 느껴지는 것이 당연했다. 투박한 질감의 석판으로 이루어진 바닥들을 밟는 그의 표정은 주변의 외국인 관광객들만큼이나 이방인의 그것이었다. 그의 손을 잡고 있던 그녀는 특유의 살갑고 능숙한 말투로 성인 입장권을 두 장 발권 받아 그를 이끌었고, 그는 웃으며 그런 그녀에게 끌려다녔다. 두 사람은 잔잔하게 붉고 잔잔하게 푸른 옛 건물들 사이를 걸었다. 계속해서 걷다가 앉았다가 하였다.

경회루의 물은 흔한 비유로 표현하자면 에메랄드 빛이었

다. 물이끼 때문인지, 물풀 때문인지, 주변 옛 건물들의 천장 언저리에서 볼 수 있는 녹색과 비슷한 색이었다. 남자는 관광객이 물 위로 던진 빵 조각에 모여들어, 정신없이 그것을 먹는 물고기들을 빤히 바라봤다. 그 모양이 마치 입을 맞추는 것처럼 보였다.

동물이 먹이에 모여드는 것은 어찌 보면 당연한 본능이다. 그렇지만 왠지 그녀와 함께인 그에게는 물고기들이 서로 입을 맞추는 것만 같이 보였다. 그래서 용기를 냈고, 그녀를 불러 가볍게 입을 맞추었다.

입장이 제한된 탓에 문밖에서만 발꿈치를 들어 겨우 안을 들여다볼 수 있는 건물도 있었다. 왕의 의자가 놓여 있는 곳이었는데, 기둥의 칠을 새로 했는지, 아니면 다시 지은 건물인지 옛날의 냄새가 조금 덜한 곳이었다. 다른 곳에 비해 녹색과 붉은색이 선명해 보이는 것으로 보아, 더 나은 보존을 위해 칠을 새로 하는 등의 여러 보수 작업을 한 것 같기도 했다.

석양이 질 무렵, 약간 지친 두 사람은 나무그늘 아래의 벤치에 앉아 쉬는 시간을 가졌고, 다시 한 번 경회루의 물고기들처럼 가볍게 입을 맞췄다. 그리곤 삼십 분인지 한 시간인지 모를 긴 대화를 나눴다. 오월의 뜨거운 햇볕에 대해서, 경복궁의 정숙한 분위기와 둘 사이 관계의 유통 기한이 얼마나 남았는지에 대한 농담들도 함께.

웃기게도 그날 이후, 얼마 가지 않아 정말 둘의 유통 기한은 다하게 됐고, 그와 그녀는 남이 되었다.

눈이 점점 더 자주 내리기 시작할 즈음, 그는 홀로 경복궁을 찾았다. 외국인 관광객들보다는 조금 더 능숙한 자세로 입장권 한 장을 손에 넣었고, 그 계절에 그녀와 함께했던 장소들을 자근자근 곱씹었다.

경회루의 잉어는 얼어서 죽어 버린 것인지, 다른 어딘가로 모두 함께 떠나간 것인지 알 수 없었지만 한 마리도 보이지 않았다. 입을 모아 빵 조각을 뜯던 그것들과, 입을 맞추던 자신들 두 사람이 떠오르며 '참으로 비슷한 상황이 되어 버렸다' 며 그는 쓰게 웃었다. 이 겨울날에 물고기들과 그날의 '그들' 은 이제 없었다.

그는 조금 더 걸었고, 왕의 의자가 있던 그 건물에 멈춰 섰다. 아, 이 현대적인 냄새. 옛 왕국의 냄새가 아닌, 기둥과 천장의 또렷한 색상과 함께 느껴지는 새것 냄새. 그것만은 변하지 않고 그대로 존재하고 있었다.

그때는 분명 햇살이 직격으로 내리꽂히는 늦은 오월이었다. 아직도 봄이었다. 지금은 여름과 가을도 지나 매서운 겨울이었다. 그 정도로 많은 시간이 지났음에도 그날의 그 감각들은 그대로였다. 흐른 시간만큼 그 날의 선명했던 냄새는 약해질 법도 한데. 그는 아직도 다른 곳과는 다른 느낌이 드는 이 건물에 대해, 선 채로 생각에 잠겼다. 어쩌면 자신이 맡은 그 이질적인 냄새는 새 페인트 혹은 다른 새 도료의 냄새가 아닌, 추억이라는 냄새와 장면이 아니었을까 하고.

일상의 지루한 냄새와 흐릿한 시야가 아닌, 이질적인 냄새와 또렷한 색상으로 그때의 그곳이 다가왔던 것은, 무뚝뚝했던 자신이 그날 물고기처럼 살랑살랑하고 가벼운 모양으로 먼저 그녀에게 입 맞추었기 때문이 아닐까 하고.

물론 잠시 후, '역시 새로 지어진 건물이 아닐 리가 없다'고 그는 스스로 웃으며 결론지었다. 그렇지만 지하철을 타고 집으로 향하는 밤, 그는 이미 알고 있었다.

앞으로 몇 년이 더 지나도 그 냄새와 잔잔하며 또렷한 색들은 잊히지 않을 것이며, 그것은 아마도 '추억' 비슷한 것들일 것이라고.

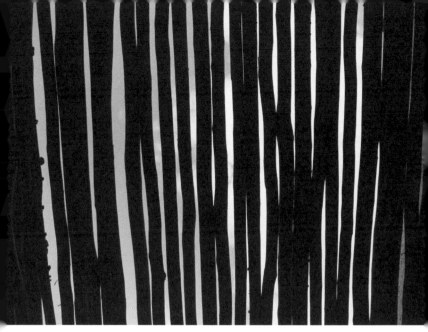

여러 음식이 썩어 있는 통을 열 땐
저절로 숨이 턱 막히고 미간을 찌푸립니다.
해야 할 일이 산더미처럼 쌓인 폴더는
차라리 영영 덮어두고 싶을 정도로 끔찍하죠.
하물며 이별은 어떻습니까.
나는 우리가 완벽하게 우리가 아님을 알게 될 날,
큰 목소리로 당신을 불러도 대답이 없을 날,
그러니까 우리의 이별을 열어볼 날,
어떤 목소리로 울어야 하고
얼만큼의 눈물을 흘려야 할지를
아직 가늠해 본 적이 없습니다.

잘 가,
낯설어진
사람

●

  뉴욕 주 뉴욕 시 브롱스 구. 아니, 브롱스 구, 뉴욕 시, 뉴욕 주가 맞을까.

  어찌 됐건 이곳의 나는 철저한 이방인이다. 일을 그만둔 지 얼마나 오랜 시간이 지난 걸까. 나는 술에서 깰 때쯤에 도로 맥주를 마셨고, 술이 없을 땐 몇 시간이고 글을 썼다. 녹색 스티커가 붙은 빈 맥주병은 거실의 곳곳에 널브러져 있어, 나의 집에선 전체적으로 씁쓸한 냄새가 나는 것 같았다.

  처음 뉴욕에 왔을 때 봤었던, 필기체로 'B'라고 적힌 그 맥주의 로고는 왜 그렇게도 촌스럽게 느껴졌었는지, 나는 정말 미국인들의 센스는 괴상하다고 생각했었다. 그런데 거의 일 년이 지난 지금, 촌스러웠던 맥주의 로고는 완벽히 나의 눈에 스며들어, 나는 그것을 마실 때 더는 그 로고를 눈여겨보지 않는다. 이렇게 '익숙한 이방인'이 되어 가는 걸까.

내가 사는 곳의 대부분은 히스패닉과 흑인들로 이뤄져 있다.

처음 이곳에 왔을 때의 기분을 기억한다. 허여멀건한 나의 얼굴을 모든 이들이 뚫어져라 바라보는 것 같은 기분이었다. 길을 걷는 사람들은 나의 낯선 얼굴을 몇 번이고 흘금거리는 것 같았다. 그 시선들 중 몇몇은 나의 착각으로 인한 것이었을 수도 있겠지만, 그만큼이나 맨 처음 이곳의 나는 고독했었다.

저녁거리로 타코 두 개를 사서 돌아가는 길엔 여러 사람들을 볼 수 있었다. 개중엔 다른 인종으로 이루어진 연인들도 있었는데, 그들이 사랑을 나누는 장면은 어쩐지 나에게 이상한 위안을 주곤 했다. 이방인이었던 사람이, 이방인이 아니게 되는 것만 같은 느낌일까.

계속 걷다 보니, 백인 여성과 아시아계의 남성이 다투고 있는 것이 눈에 들어왔다. 그들은 연인으로 보였고, 마치 거리 위에 둘만이 있는 듯 싸우고 있었다. 아시아계의 남자가 먼저 소리를 질렀다.

"I don't give a fuck(알 게 뭐야)!"

'아 동 깁 어 퍽.' 받침에 이응을 붙여 말하는 것으로 보아, 그는 중국인일 확률이 높았다. 한국어로 친다면 '내가 악 게 모야' 정도일까. 나는 그의 악다구니 후에 이어지는 백인 여성의 외침을 뒤로해 계속 걸었다. 여자의 영어 억양은 마치 한 음절마다 스타카토를 붙여 놓은 듯해서, 혀의 모양도 계단식일 것만 같았다. 나는 그녀가 프랑스인일 것으로 추측했다.

사실 나의 영어 역시 형편이 없어, 빠른 속도로 말하는 원주민들의 말들은 못 알아듣기 일쑤이다. 하지만 그래서였는지, 오히려 나는 사람들의 억양을 잘 관찰할 수 있었다. 새로운 언어는 이방인으로 하여금 귀를 기울이게끔 하는 법이다. 나는 고독하므로 더 잘 듣게 되어 버린 것이다.

여러 억양과 피부색들이 어우러진 길거리를 지나, 나의 낡은 아파트에 도착했다. 계단을 올라오는 길엔 핑크색 셔츠를 입은 흑인과 짧은 인사를 나눴다. 그는 나의 한국인 특유의 무표정에 적잖이 당황한 것처럼 보였지만, 나는 배가 고팠고, 남의 기분 따위에 신경 쓸 여유는 없었다. 아 동 깁 어 퍽.

두 개의 타코를 홀로 해치우며, 나는 몇 달 새 두드러진 뱃살을 내려다보았다.

몇 달 전, 2인분의 타코는 오롯이 '우리' 두 사람의 것이었다. 나를 떠나기 전의 그녀는 나의 유일한 고향이었고, 우리는 밤이면 한국어를 속삭이며 서로를 품었다.

나는 그녀가 떠남으로써 이곳에서 철저한 '이방인', 또는 외톨이가 되어 버린 것. 지금쯤 어디에서 무엇을 하고 있을지, 아직도 이곳 브롱스에 있는지조차 모를 정도로 우리는 서로에게서 멀어져 버렸다. 두 개의 타코를 홀로 먹었다. 과식을 한 후의 트림은 홀로 있는 집에서조차 민망함을 느끼게 만들었다.

어느새 밤은 깊어가고 있었다. 촌스러운 'B'가 새겨진 맥주병을 손에 든 채로, 창밖을 바라보았다. 밤거리엔 여전히 출신을 알 수 없는 사람들이 드문드문 걷고 있었다.

브루클린 라거를 두 병 비울 때쯤이었다. 다양한 소리들 사이에서 익숙한 쇳소리를 들은 것만 같았다. 그녀가 말할 때의 까슬까슬한 쇳소리였다.

나는 소리가 난 곳으로 고개를 돌렸지만, 그곳엔 온통 사람들의 뒷모습들뿐이었다. 갈색과 금색, 그리고 검은색의 머리카락들만이 보였다.

문득 한 사람의 뒷모습이 눈에 들어왔다. 짧게 자른 단발머리였다. 그 사이로 드러난 허여멀건한 목선이 어쩐지 낯익었다. 물론, 몇 달 전의 그녀는 긴 갈색의 머리를 지녔지만 말이다.

귀에 익은 목소리를 듣고, 낯익은 뒷모습을 보았다. 하지만 나는 어느 정도의 확신이 있음에도 아파트의 창가를 벗어나지 못한다. 사람들의 뒷모습이 점점 흐려져 실루엣이 되고, 실루엣이 조그만 점이 될 때까지 바라보기만 할 뿐이다.

'그녀일지도' 모르는 저 사람을 돌려세웠을 때, 그 사람의 얼굴은 철저히 낯선 사람의 그것일까 봐서. 낯선 언어와 목소리로 내게 대답할까 봐서. 그럼으로써 그녀와 내가 '정말로' 서로에게 낯선 사람이 될까 봐서.

이별을 납득해야만 하는 순간이 올까 봐서. 낯설지 않은 그리움이 흐른다. 공기의 냄새는 씁쓸하다.

안간힘을 써도 마음이 마음대로 안 될 땐,
차라리 그냥 내버려 두고 싶다.
내 마음이 하고 싶어 하는 대로 하도록,
그립다면 그리워하라.
울고 싶다면 체하지 않도록 조심히 울어라.
그렇게 내버려 두고 싶다.

부
재

●

주말의 사무실엔 적막이 흘렀다.

그녀는 사무실 이곳저곳을 호수 위의 백조처럼 유영했다. 질끈 묶어 올린 머리와 소매 부분에 커피의 잔 방울이 좁쌀만큼 스며든 흰 셔츠는, 주말 출근을 자처한 그녀의 의욕과도 닮아 있었다. 묶은 머리와 흰 셔츠, 사뿐함, 모든 것이 한편으론 정말로 백조 같기도 했다.

사무실을 지키는 사람이 한 명이라도 있는 한, 그곳의 전화기와 팩스는 끊임없이 울어댔다. 아무개는 자리에 앉아 있다가도, 벨이 울릴 때마다 휘적휘적 달려가 그것들을 받았다.

문득, 어디선가 들은 '백조의 발길질'이 떠올랐다. 만화책에서였는지, 아니면 광고에서 나온 말이었는지는 확실치 않았다. 그렇지만 그것은 하도 강렬하여 그녀의 뇌리에 깊게 박혀 있었다. 수면 위의 백조는 우아해 보이지만, 수면 아래에선 물에 떠 있기 위해서 끊임없이 발길질을 하고 있다는 말.

물론 누군가 그것은 과학적 사실이 아니라 말했고, 실제로 보더라도 백조가 다급하게 물질을 하는 것을 확인할 방법은 없었다. 하지만 설령 백조의 발길질 따위는 없다고 치더라도, 아무개 자신만큼은 수면 아래에서 급하게 발길질을 하는 돌연변이 백조였다. 괜찮아 보이기 위해 아무렇지 않은 척하면서도, 물밑에서는 허우적대고 있는.

그리고 물의 표면, 물밑과 물 밖의 경계. 그 수면의 정체는 아직 잊히지 않는 누군가였다. 아무개를 떠나간 그 남자의 부재. 놀랍도록 차가운 수면. '필사적 발길질의 원인.'

점심시간이 십여 분 지났을 무렵, 다급한 전화벨이 들려왔다. 그녀는 전화를 받으러 걸어갔다. 백조처럼 여유 있게, 발은 바쁘게.

아무개는 어떤 사실을 전달해야 했다. 소식을 전달받아야 할 사람은 전화를 받지 않았다. 사무적이고 차분한 부재중 알림이 그 사람의 부재를 알렸다. 아무개는 나중에 다시 전화를 걸 수 있도록 책상에 그의 번호를 적어 붙여 두었다.

주말의 태양이 슬금슬금 내려갈 때쯤일까, 사무실에 다시금 전화벨이 울렸다.

"저를 찾으셨더라고요. 찾아 주셔서 고맙습니다. 돌아왔습니다."

아무개는 그렇게, 전화를 받지 않았던 그 사람에게 업무 사항을 전달할 수 있었다. 그렇지만 '찾아 주셔서 고맙습니다.' 라니. 형식적인 비즈니스 언어였지만, 그것은 아무개에게 신선하게 다가와 전화를 끊은 후에도 약의 끝 맛처럼 맴돌았다.

'부재' 라는 말은, 그것을 남긴 사람에게나 남겨진 사람에게나 '돌아옴' 에 대해 생각하게끔 하는 말이다. 전화를 받지 못했던 이는, '부재' 라는 글씨를 보곤, 누군가 자신을 찾았다는 사실을 알아챈다. 부재중 전화를 남긴 사람은, 부재로 남은 그를 더욱더 잊지 않기 위해 다시 말을 걸겠다고 마음먹는다. 실로 '부재' 라는 건, '그곳에 있지 아니함' 이면서도, 나 아닌 누군가가 내가 있었다가 없어진 사실을 알아차려 주는, 서글프면서도 따뜻한 행위인 것이다.

대머리가 다 벗겨졌던 것으로 기억하는 남성과의 업무상의 전화는, 그렇게 아무개에게 필요 이상의 반향을, 연못을 향해 날아든 돌처럼 안겨 주었다.

주말의 밤, 그녀는 하늘을 보며 퇴근길을 걸었다. 놀라우리만치 밝은 달이 떠 있어 세상의 모든 것이 보일 정도로 트인 하늘이었다.

달이 너무 밝은 탓이었을까, 밤하늘을 나는 새 한 마리도 보이지 않았다.

'아니지, 내가 밤에 새를 한 마리라도 본 적 있었던가.'

아무개는 생각했다. 기억이 모호했다.

다시금 백조를 떠올렸다. 이 밤에도 돌연변이 백조는 물 위에 떠 있을까, 아니면 멈추어 끝없는 수심으로 가라앉았나. 아무개는 걸음을 멈추고 전화를 들었다. 심장이 어느새 급하게 뛰고 있었다.

'전화를 받을 수 없어ㅡ'

내달리는 심장과, 몸부림치는 그리움과는 다르게, 부재중을 알리는 점잖은 안내는 아무개를 놀리는 것 같기도 했다.

그녀는 전화기를 내리곤, 참아 왔던 숨을 차분히 뱉었다. 새대가리같이 멍청했다는 생각이 들었다. 남자가 부재한 순간, 그가 떠나간 순간, 그제야 아무개는 뚫려 버린, 남겨진 빈 구멍을 발견한 것이다. 그렇지만 이제는 한 치도 모르게 되어 버린 앞날이었다. 어쨌든, 자신의 그리움은, '부재'의 모양으로 그 사람의 전화에 남겨졌다.

정말로 모르게 되어 버렸다.

사실은 전화기를 쥐고 있음에도 일부러 받지 않은 걸지도, 다른 여자와 있느라 바쁜 것인지, 아니면 정말로 '찾아줘서 고마워.' 라고 말하며 다시 전화를 걸어올지, 모르게 되어 버렸다.

가라앉았던 백조는 발길질을 해댔다. 물살들은 두 사람의 과거였고, 미련이었고, 네 부분이 비워진, 무언가가 부재된 쓸쓸한 깍지였다. 그것은 맞붙어 깍지를 끼워 줄 무언가를 기다렸다.

물의 표면은 떠나간 그와도, 눈물로 일렁이는 자신의 각막과도 닮아 있었다.

이제 가진 것은 없어,
이 손, 놓아야 할 때인가요.
등진 바람에 발걸음이 편할 때가 있지는 않았나요.
시선의 물리력을 믿습니다,
나의 이 미약한 시선에도
아주 적게나마 당기거나 미는 힘이 들어 있다고요.
가시는 등을 부드럽게 쓰다듬습니다.
시선의 물리력을 믿습니다,
더 편히 나아가세요.
부쩍 추워진 손으로 휘이, 휘이
약한 바람도 보태봅니다, 제 바람도 등지세요.

대
학
로
●

　가을의 낮은 맑고도 시원했다.

　가을은 4계절 내내 한결같이 탁한 바람만을 몰고 오던, 지하철 승강장의 큰 바람마저 기분 좋게끔 만들었다. 실제로는 다른 계절의 그것과 다를 바가 없는 역의 냄새마저 가을만의 신선한 냄새인 듯 수수하게 다가왔다.

　낮의 혜화역은 텅 비워져, 어딘지 모르게 이질적이고 어색했다. 그 사람과 나는 늘 밤이면 혜화역에서 대학로의 시간들을 즐기곤 했다. 거리는 매우 붐볐고, 우리도 그 젊고 멋진 사람들 속에 소속되어 있다는 것이 행복했었다.

　그 사람이 먼저 퇴근을 해서 대학로에 도착하는지, 아니면 내가 먼저 공부들을 마치고 도착하는지를 내깃거리로 삼던

시절이 있었다. 그렇지만 많은 시간이 지나고 난 뒤의 대학로
는 낮 열한 시의 낯선 대학로였다. 우리는 한 번도 낮에 그곳
에 함께 있어 본 적이 없었다.

그러나 지금 우리는 낮에 밖에 볼 수 없는 사이가 되어 버
렸다. 밤에 볼 수 있는 사이는 더는 아니었다.

얼마 만에 만나는 것인지도 못 헤아릴 만큼 긴 시간이 지
났다. 처음 만나 얼굴을 보았을 때 어떤 표정을 지어야 할지,
어떤 목소리 톤으로 인사를 건네야 할지 고민이 이만저만이
아니었다. 고개를 푹 숙인 채로 고민을 계속하던 중, 예고도
없이 그 사람의 발이 나의 시야에 들어왔고, 나는 바보처럼
고개를 급하게 치켜들고 손바닥을 쫙 펴 인사를 건넸다.

우리는 대낮의 대학로에서, 도무지 카페인지, 식당인지,
술집인지 모를 간판과 인테리어의 가게에 갔다. 메뉴판에는
돈가스 등의 경양식과 에스프레소 콘파냐처럼 제법 그럴듯
한 커피와 술의 이름들도 적혀 있었다.

그 사람은 역시나 밀크티를 주문했다. 나도 옛날과 같이
녹차를 시킬까 하다가 입을 닫았다. 어쩐지 내가 녹차를 주문
하면, 그녀에게 나의 '나 너무도 옛날로 돌아가고 싶어, 너와

함께했던 날들로.' 와 같은 속마음을 들켜버릴 것만 같은 마음이 들었다. 나는 앞의 그 사람에게 반항이라도 하듯, 새우볶음밥을 먹을 것이라고 호기롭게 말했다.

새우 볶음밥은 딱 가게의 다양한 메뉴 구성만큼 퍽퍽하고 형편없었다. 나는 작디작은 칵테일 새우를 씹으며 그녀를 흘겨봤다. 난잡한 소파의 무늬 위에 앉아 있는 그녀는 단색의 깔끔한 옷차림이었다. 여전히 단아한 그녀가 깔끔한 모양으로 밀크티를 마셨다.

몇 년이 지나고 달라진 것이 없었다. 나는 학업과 하고 싶은 것들과 해야 할 것들 사이에서 난잡하게 허우적대고 있었고, 그녀는 저 모습처럼 늘 한결같은 색채로 나를 편안하게 해 주었었다.

"오랜만에 만나서 좋아."

눈빛은 여전히 직사광선처럼, 오래 볼 수 없을 정도로 빛나고 있었다.

"나도, 정말 좋아."

나는 딱 새우 볶음밥만큼 형편없고 퍽퍽하게 대답했다.

"약 2년째, 만나는 사람이 있는데, 정말 잘해 줘"

'알아.' 라고 대답하려다, 이 이상 나를 바닥으로 끄집어내리는 말을 스스로 뱉기는 싫었기에, 나는 정말로 놀라워하고 기뻐해 주는 표정을 지었다.

서울대학교 병원의 로고가 잔뜩 박혀 있는 환자복을 입은 아이가, 팔에 통 깁스를 한 채로 한 여자와 카페에 들어왔다. 여자는 이모뻘 정도로 보였다. 아이는 새우 볶음밥을 주문하는 것 같았다. 이내 음식이 나왔고, 아이는 그것을 씹으며 팔이 정말로 아프다고 닭똥 같은 눈물을 계속 흘려댔다.
이모나 고모로 보이는 여자는 '언젠가는 그 뼈도 다 붙는단다.' 라고 말하는 것 같았다.

일하는 분야에 관한 시시콜콜한 이야기와 옛날에 함께 보았던 연극의 스토리에 대한 대화를 나누고, 우리는 그 카페의 앞에서 각자의 길로 찢어졌다. 나는 차가 없었기에, 지하철을 타러 적당한 속도로 역을 향해 걸었다.

날씨가 참 좋았다. 붉은 벽돌이 인상 깊었던 야외무대는 여전했고, 노인 한 명이 악기를 연주하고 있었다. 입으로 연주하는 악기였다. 그것의 이름이 아코디언이었는지, 멜로디언이었는지, 하모니카였는지, 반도네온이었는지가 헷갈렸다. 노인이 입으로 숨을 불어 넣고 손가락으로 건반을 조작하는 대로 악기의 음정이 높아졌다 낮아졌다 했다.

그렇지만 노인의 연주는 듣기에 형편이 없었다. 자주 담배를 피우는지, 끊어질 듯 말 듯 한 호흡이 악기를 통해 들려왔다. 그런 생각, 함부로 해선 안 되는 것이었지만, 나는 십 년이 지난 후에도 그 노인의 연주를 들을 수 있을까 하는 의문을 품었다.

그리고 어쩐지 그녀와 내 관계의 고리도 오늘로써 끊긴 것만 같아, 그 연주는 너무도 슬프게 다가왔다.

아, 노을이라도 지고 있다면 달려가 조금이라도 더 초라한 고백을 할 수 있었을 텐데.

나는 괜히 청명한 하늘을 탓하며 역으로 다시 걸었다. 딱새우 볶음밥을 먹는 아이의 부러진 팔 만큼 아팠다. 나을 것을 알아도 낫지 않을 것처럼 아팠다.

춥고 더럽고 어둡고
냄새나고 축축한
그곳에, 내 안에,
당신이 여전히 갇혀 있습니다.
한 시도 그걸 잊은 적은 없었습니다.
그래서 나는 늘 내 안의 당신에게
따뜻하고 깨끗하고 밝은 것들
그런 좋은 것들도 넣어 주고 싶은데,
당신이 웃는 표정이 떠오르지 않아서.
온통 마지막 표정만 떠오르고 있어서.

소
나
기

●

　2층 식당의 한쪽은 전면이 통유리창이었으므로, 적당한 자
연광이 들어와 비추는 것이 제법 그녀의 마음에 들었다.

　그녀는 일자로 나열된 1인 테이블 중 한 곳에 앉아, 조용히
자신만의 식사를 즐겼다. 고슬고슬한 쌀알, 짜지 않은 음식,
아래로 내리깐 시선이 닿은 바깥에는 거리를 걷는 사람들.

　어떤 연인들은 넘치는 사랑에 어쩔 줄을 모르는 모습이었
고, 누군가는 급한 일이 있는 듯했고, 또 다른 누군가는 어린
아이의 손을 잡고 걸었다. 그렇게 지극히 보통의 사람들은 여
느 때처럼 각자를 살고 있었다.

　길을 걷던 누군가가 고개를 휙 치켜들었다. 그녀는 그 행
인이 자신을 노려보는 것인가 싶어 사레가 들릴 뻔했다. 그렇

지만 이내 하나둘씩 하늘을 바라보는 동작을 취하더니, 일제히 이전보다는 빠른 걸음으로 어딘가로 숨어 들어가기 시작했다. 굵은 빗방울이 식당의 유리창을 도도독 두드렸다. 마찬가지로 우산을 챙기지 않은 그녀 역시 도도독 머릿속의 계산기를 두드렸다.

'밥을 조금 더 천천히 먹어야겠어.'

거리의 사람들은 다급하게도, 소란스럽게도, 소나기를 피해 숨고 있었다. 허리부터 내려오는 앞치마를 두른 남자 점원이 다가와 물을 따라 주었다. 예쁜 손으로 담아 주는 물은 그것을 닮아 더욱 투명하게 깨끗하게 보였다. 한 겹 유리창 밖의 쏟아지는 회색 것들과는 순결한 정도부터가 다르다는 생각을 했다.

다시 바라본 창밖, 초로의 남자 한 명이 천천히 걸어 지나가는 것이 보였다. 급격히 모든 걸 적셔버리는 소나기에 온몸이 완전히 젖어, 이미 비를 피하기를 포기한 것 같았다. 흡사 '일생을 빗속에서 지내왔던 사람' 처럼 보이기도 했다.

늘 빗속을 사는 사람.

그녀는 빗물 속에 잠긴 자신의 모습을 그려 봤다.

손 모양이 아름다운 점원이 따라 주었던 그것처럼, '그'의 존재는 깨끗한 물과 같이 자신을 착 감싸 주었다. 그 고요한 물결은 자신의 허벅지며 허리, 볼 언저리에서 부드러이 살랑댔었다. 그녀가 그런 기분 좋은 안락함에 발가락을 꼼지락댈 때면, 그는 다시 한 번 부드럽게 그것을 감싸 안았었다.

그리고 그와 그녀가 몇 마디 욕지거리를 나눈 뒤 갈라서게 된 날, 그날도 갑작스러운 비가 내렸었다. 길바닥 위의 담뱃재며, 가래침이며, 바스러진 잎사귀 따위가 빗물과 함께 '그'라는 물결 대신 그녀를 잠기게끔 만들었다. 그녀의 온몸 구석구석에서 물결처럼 살랑대던, 그의 길쭉한 손과 품과 입술 따위 온데간데없이 몸 곳곳을 더러운 것들을 동반한 빗물이 적셨던 것이다.

얼마 후, 그녀는 아마도 그를 목 졸라 죽였다. 꿈속에서, 아마도 꿈속에서였을 것이다. 그리곤 공터에 그를 묻었다. 땅에 묻힐 때의 그 얼굴은, 그녀를 편안함에 아득하게 만들었던 물결 같은 표정 그대로였다.

그를 죽이고 그를 묻는 꿈을 꾼 날, 그녀는 깨어난 후에도 지나치게 현실감 넘치는 여운에 한참을 바들바들 떨었다. 다

행히 몇 시간이 지나도 그가 실종됐다거나, 죽어 버렸다는 소
식은 들려오지 않았다.

이번의 소나기는 소나기답지 않게 쉬이 그칠 기미를 보이
지 않았다. 그녀는 식당에서 긴 시간을 버텨내는 것 또한 민
폐라는 생각에, 비를 맞을 각오로 계산대에 섰다.

물을 따라 주던 점원이 웃으며 그녀의 카드를 받았다. 아
무리 봐도 얼굴이랄지, 분위기는 그녀의 취향이 아니었으나,
점원의 손은 참 그의 것과 닮아 있었다. 길고 매끈하고 하얗
고. 송송 몇 가닥 털이 난 모양.

가게 밖으로 나와 직접 맞아 보니, 빗방울들은 걱정했던
것만큼은 굵고 무겁지 않았다. 점원과 카드를 주고받으며 스
친 손의 질감이 여운과 함께 주머니 속에서 맴돌고 있었다.
고르지 않게 포장된 도로의 구석에선 흙바닥이 드러나 빗방
울에 조금씩 파이고 있는 것이 보였다.

문득, 아마도 꿈속에서, 그를 죽여 묻어 둔 공터가 떠올랐
다. 아마도 꿈이었겠지만, 실제로 미쳐 버린 와중에 그를 죽
여 버렸던 것인지도 모르는 일이었다.

'아직 그 속에서 살아 있는 게 아닐까, 물결 같은 표정 그대로.'

그런 거라면 비가 조금 더 강하게 많이 내렸으면 좋겠다는 생각이 들었다. 공터의 흙바닥들이 다 적셔지고 깎이다 보면, 그곳에서 그가 다시 걸어 나올 것만 같은 엉뚱한 상상에서였다. 그래서 예전처럼 다시 그녀를 쓰다듬고 안아주는 상상.

비를 피해 급히 어디론가 숨어들었던 보통의 사람들이 하나둘씩 꼼지락대며 기어 나오고 있었다. 흡사 지렁이 같은 모양새였다. 그녀는 간지러움을 느꼈다. 보통을 사는 사람들을 보는 것도, 짜증나게 부슬대는 비를 맞는 것도 간지러웠다.

강하고 꾸준한 비가 내리면, 그가 돌아올 것만 같은, 바보 같은 기대도 간지러움에 한 몫을 더하고 있었다.

알아주길 바라면서도
알아채지 못하기를 바랐던
그런 그리움이 있었다.
스스로의 마음 갈피를 잡지 못하고
안아 달라 아니 저리 가라 나는 괜찮다
체한 것처럼 어쩔 줄 몰라 헤맸었던 나날들이.

무채색의
마음

회인이 하루를 마무리 짓는다.

반지하의 계단을 한 칸 두 칸 내려갈 때마다, 귀에 더 잘 들려오는 익숙한 멜로디에 그는 미소를 지었다. 영국 신스팝 아티스트의, 찬 밤에 온기를 가져다주는 느낌의 음악들.

현관문을 여니 휜이 그를 미소로 맞아 주었다. 애초에 따뜻한 관상을 지닌 여인이 짓는 더욱더 따뜻한 미소였다. 벽면에 조그맣게 달아 둔 네온 조명의 분홍색 빛이 그녀의 얼굴을 한결 더 밝게 만들어 주고 있었다.

"밥은? 아직이면 수프 먹어. 재료가 없어서 옥수수 정도만 넣어 끓인 거지만. 나도 오늘은 일이 많았고, 방금 전에야 도착해서 부랴부랴 만들었어."

가끔 말없이 찾아와 끼니를 차려 놓곤 하는 그녀의 적당한 무례함과 친절함에 감탄을 하며, 그는 최대한 다정한 목소리로 대답했다.

　"고마워. 옷만 벗고 먹을게."

　회인은 옷가지들을 벗으며 눈으로 방 안을 훑었다. 어딘지 모르게 어수선했던 물건들이 잘 정리되어 있었다. 그리고 좌식 테이블의 한가운데에 낯선 봉투가 있는 것이 눈에 보였다. 부엌 쪽에서 목소리가 들려왔다.

　"아, 우편함 저 밑에 있던 걸 찾아서 가져왔어. 꽤 오래됐는지 먼지투성이더라. 당신한테 온 거 같아서."

　그리곤 흰은 살며시 방문을 닫는 것이었다.
　그 말로 설명할 수 없는 따뜻함. 지금의 애인에게 '자신이 아닌 다른 여자'가 보냈을 편지에 베풀 수 있는 최대한의 배려였다.

　'회인에게, 현.'

회인이 약간은 떨리는 손으로 봉투를 열었다. 아주 조심스럽게 다루고 싶어서였는지, 견고하게 풀칠이 되어 있었다.

— 안녕. 오랜만이야.

이미 끝나 버린 관계의 옛 애인으로부터 편지가 온다는 것이 얼마나 골치 아픈 일인지, 그리고 옛 애인에게 편지를 보내는 것이 얼마나 꼴사나운 일인지는 나도 잘 알아. 그렇지만 혹여나 이 편지가 제대로 네게 전달되지 않고, 어딘가에 불시착하진 않을까, 그렇게 되길 바라는 마음으로 꾹꾹 글자들을 눌러 써 보는 거야. 네가 잘 알고 있듯, 나는 꽤나 웃긴 여자야. 사실은 이 편지를 쓰는 것도 아주 뜬금없는 이유에서거든.

오늘은 후추통의 냄새를 맡았어.

오래전 우리가 함께였을 때, 우리는 수많은 끼니들을 함께했었어. 그리고 테이블에 후추통이 있을 때면, 너는 나를 웃기기 위해서였는지, 굳이 후추통에 코를 대곤 킁킁댔지. 그리곤, 에취! 하고 웃긴 소리로 재채기를 했어. 나는 그걸 보고 크게 웃고, 너도 그런 나를 보고 크게 웃었어. 진짜, 지금 이걸 쓰면서 생각하는데도 웃음이 나올 정도니까.

후추통. 맵더라. 나도 에취! 하고 재채기를 했지 뭐야. 그런데 재채기를 하고 나서 나오는 건 웃음이 아니라 울음이었어. 딱하게도 나는 혼자 술을 마신 뒤, 24시간 운영하는 국밥집에서 밥을 혼자 먹고 있었으니까.

그래, 사실 이 편지를 쓰고 있는 나의 마음이, 나를 불쌍히 여겨달라는 건지, 웃으라는 건지 울어달라는 건지는 지금도 확실히는 모르겠어. 다만 내 마음이 꼭 그랬어. 나는 이제 네가 하던 행동을 홀로 하곤 한다고. 오늘은 후추통의 냄새를 맡아봤다고. 그런 나의 근황을 전해 주고 싶었던 것 같아.

요즘은 좀 어때, 아직도 우리가 함께 들었던 신스팝을 들어? 새로운 여자를 만나고 있어? 너무 징징대는 것 같기도 하지만, 나는 아직 홀로 남아 있어. 물론 나를 다시 안아달란 말은 아니야. 그렇지만 말하고 싶었어. 나는 아직도 통이 큰 면바지들을 입어. 아직도 붉고 어두운 갈색의 머리를 하고 있어. 나는 참 따분하게도 그대로라는 말이야.

여느 실연한 남자들이 옛 애인에게 그렇듯, 너 역시도 나를 개년이라고 생각하고 있을까. 가끔 그런 상상을 할 때면 난 끝없이 슬퍼져. 내가 지금이 아닌 그때 조금이라도 더 솔직했더라면 우리는 아직 함께였을까.

나는 여자치곤 꽤 딱딱한 성격이었던 것 같아. 유독 네게는 더. 흔한 보고 싶단 말조차도 잘 안 했었으니까. 하지만 믿어 주길 바라건대, 나는 매일매일 너를 생각하면서, 홀로 호들갑을 떨곤 했었어. 하루 대부분을 너의 생각으로 안절부절못했던 거야.

그렇지만 동시에 나는 그런 마음을 보여 주기를 꺼렸던 것 같아. 그렇게 '네가 전부였던' 내 마음을 네가 알게 되면, 네가 겁을 먹거나 부담을 가질까 봐. 그래서 나는 내 마음 위에 어떤 막 같은 것을 한 겹 덮은 상태로 너를 대했던 것 같아. 미안해.

편지를 쓰는 동안에도 너의 미끈한 등이 생각나. 더불어 네가 분주히 떠들다가 한 박자를 쉴 때의 숨소리도 생각이 나. 그리고 이런 기억들은 '행복했다', '좋았다'와 같은 형태로만 기억될 뿐, 이제는 정확히 어떤 말과 웃음들이 오갔는지 점점 흐려지는 것 같아. 네가 점점 흐릿해지는 느낌이랄까. 도로 명확해졌으면 하지만, 역시 욕심인가 싶기도 해. 너는 사랑스러운 남자라 이미 분명 옆에 누군가가 있을 게 분명하거든.

마지막으로 한 번 더 말할게. 미안했어. 네 인생에 허락도 없이 불쑥 쳐들어가서, 모든 걸 엉망으로 만들어서 정말 미안했어.

이만 줄일게. 이 편지가 어딘가에 불시착하기를. 현.

단아하게 예쁜 휜의 앙다문 입처럼, 다정하게 닫힌 문의 틈으로부터 콘 수프의 냄새가 스며들어 오고 있었다. 밖에서는 휜이 수프를 데우고 있었다.

그리고 동시에 또 다른 신스팝이 들려오고 있었다. 어쩐지 춥게 들리는 멜로디였다.

4

영원에 가까운
사랑

세상에 영원한 건 영원이라는 말뿐이라고요?
글쎄요,
영원함의 흔적을 좇아 뛰는 삶도 좋을 것 같은데요.
서로의 마음이 담긴 물건과 말을 주고받으며
영원함의 흔적들만을 좇느라 두 사람의 살갗은 늙어가겠지만
그때가 되어서 과거의 마음과 물건들을 바라보며 함께 웃는 것,
그건 그것 나름대로 썩 멋진 일일지도.

비 오는
새벽 4시

거의 팔십 몇 번째에 이르는 가을이 여물고 있었다.

아주 먼 곳에서 벼락 같은 것이 내리쳤는지, 아니면 이제 가는귀가 먹은 건지, 작게 '가르릉' 거리는 천둥소리는 공기를 찢는다 하기보다, 고양이의 코 고는 소리 같았다.

그는 침대에서 다리를 한쪽씩 바닥으로 내렸다. 색이 바래진 카펫의 질감이, 깊이 잠들어 있던 감각을 간질여 깨웠다. 그는 부인이 깨지 않게끔 천천히 움직였다. 발바닥으로 카펫을 쥐어짜듯 신중히 걸었다. 늙어서 주름이 여럿 파인 발바닥이, 카펫의 털 가락들과 완벽히 맞물리는 것 같은 느낌이 들었다. 덕분에 젊었을 때보다도 더 조용히 움직일 수 있게 된 게 아닐까 하는 생각이 들었다. 그는 이것이 늙어서 좋은 점

중 하나라는 생각이 들어 익살스러운 미소를 몰래 지었다.

부부에게 젊음이 생동하던 신혼 시절, 아니면 어쩌면 결혼 전부터, 그에겐 비가 내리는 새벽이면 커피를 타 마시는 버릇이 있었다.

부엌을 어둠으로 덮고 있던 커튼을 걷으면, 축축한 새벽의 어스름이 식탁의 유리판을 아주 조금 밝히곤 했다. 내린 커피를 다 마셔갈 때쯤이면, 절묘하게도 아침이 해가 완전히 밝아왔다. 비는 어느새 그치고, 새가 울기 시작했다. 그는 커피를 마시는 비 오는 새벽, 그 한 시간이 조금 넘는 그 순간이 참으로 사치스럽다고 생각했다. 짧아서 더 아름다운 시간.

노인은 수십 년 전 그랬듯, 커피의 물을 올렸다. 그때보단 작아진, 미세하게 떨리는 손으로 두 개의 찻잔을 식탁에 놓았다. 그리곤 한 찻잔에만 커피를 타서 마시기 시작했다.

바람이 세게 부는 모양이었다. 몇 초를 주기로 빗물이 부엌의 창문에 맹렬히 부딪히는 소리가 났다. 만약 자신이 거의 심지만 남아 버린 양초가 된다면, 아마 한방에 꺼져 버릴 것이라는 생각이 들었다. 실제로 오늘이나 내일 당장 어떻게 되어 버려도 이상하지 않은 나이였다, 이제는.

'이 커피를 다 마시고, 어김없이 아침이 찾아오면, 나는 하루만큼 더 늙어 버리겠지.'

한 시간 반이 조금 넘는 비 오는 새벽이, 젊은 날보다 몇 배는 더 사치스럽게 느껴졌다. 두 번 다시는 없을 수도 있는 순간.

이내 침실의 문이 열리더니, 부인이 고양이처럼 살금살금 부엌으로 걸어왔다. 때에 맞춰 '가르릉' 거리는 천둥소리가 다시 한 번 들려왔다.

"또 나를 빼놓고요."

신기한 여자였다. 늘 생기가 넘쳐야 하는 신혼 때부터도, 한번 잠자리에 들면 업어 가도 모를 정도로 잠귀가 어두운 그녀였다. 그러나 비가 내리는 새벽에 그가 커피를 즐기고 있을 때면, 부인은 어김없이 깨어 그를 따라 나왔다. 늙은 부인은 몇 초간 잔기침을 멈추지 못했다. 그는 재빨리 데워 둔 물과 허브 티를 나머지 잔에 담아 내주었다. 그녀가 찌푸렸다.

"커피로 달래도."

그는 천천히 고개를 내저었다.

부인의 약봉지와 잔기침이 늘어가면서, 비가 오지 않는 날에도 그녀는 자주 깨는 듯했다. 부인은 침실 밖으로 몰래 나가 기침을 토했고, 그는 어김없이 자는 척을 해야만 했다.

그는 심지가 얼마 남지 않은 양초가 타들어 가는 모습을 다시 한 번 상상했다. 정력적으로 각자의 삶에 몸을 내던진 자식들은, 해가 지날수록 뜸해졌다. 그들이 떠난 후의 집은 평소보다도 더 넓어진 것 같아, 혹여 손뼉이라도 친다면 동굴처럼 메아리가 돌아올 것만 같았다. 유령의 집 같다가도, 모든 것이 멈춰 버린 공간 같기도 했다. 그는 차라리 정말로 시간이 멈춰 버리길 바랐다.

몹시도 어스름하던 부엌은 어느덧 슬금슬금 밝혀지기 시작했다. 부부는 오늘도 하루만큼 늙어졌음을 실감하듯, 찻잔을 비우길 망설였다.

그는 고개를 숙여 자신이 입은 옷을 바라봤다. 아주 먼 옛날 부인으로부터 선물 받은, 멋들어진 줄무늬 옷이었다. 이젠 그것이 연애 시절에 받은 것인지, 결혼 후에 받은 것인지도 기억이 희미했지만, 확실한 것은 그것은 너무 오래되어 입을 것이 못 된다는 점이었다. 여기저기 큰 구멍이 뚫려, 자신의 살들이 보일 정도였다. 그 옷은 늙어 버린 부부들처럼 금방이라도 소멸할 것 같은 모양새였다.

노인에게 비 오는 새벽의 낭만, 그리고 이런 순간이 앞으론 없을 수도 있다는 것, 모두가 떠나고 둘만 남았다는 것 같은, 복합적인 감정들이 일었다. 그것은 거센 바람에 창문을 두드리는 비처럼 돌발적인 것이었다.

카펫을 밟던 동작처럼 조용히 부인을 안았다. 바들바들 떨리는 것이 그의 늙어 버린 팔인지, 그녀의 몸통인지 헷갈렸다. 옷의 구멍으로는 부인의 뺨이 느껴졌다. 그곳엔 비가 들이치는지 축축한 느낌이 스몄다.

"언젠간 세상에서 잊힐 우리가 불쌍해."
당신이 물기가 그렁그렁한 눈으로 말한다.
나는
"괜찮아, 우리가 우리를 기억하자."
그저 그렇게 말할 수밖에.
바깥으론 수억 년 동안 지구와 함께 춤을 췄을 달이 빛나고 있다.
그래, 우리도 이렇게 함께 있다. 여기에 우리가 있다.

간병
수첩

●

1

자네, 자네가 이곳을 떠나기 전에 이 수첩을 볼 리는 만무하겠지만, 나는 며칠이라도 자네를 더 기억하려면 다른 방법이 없어 이렇게 글을 적네. 여든이 넘은 노부부의 집에 육아수첩이라니. 심지어, 평생을 따뜻한 말 한 번 해 준 적 없는영감이 그걸 적고 있다니. 인생, 살다 보면 참 모를 일도 생기는구나 싶지 뭐요.

2

오늘은 참 괜찮을지도 모르겠단 생각이 들더군. 그도 그렇게, 당신 요즘 뭐라도 제대로 먹은 적이 없잖은가. 집에 오는길에 문득 우리가 한창일 때 생각이 나지 뭐야. 내가 퇴근길에 배를 몇 알 사갖고 들어가면, 당신은 세상 반짝이는 눈으로 그것들을 맛있게 먹었지.

여든 넘은 할망구가 그때의 그 눈빛을 또 보여 줄 줄 내가 알았겠는가. 배를 맛있게 먹어 줘서 고마워요. 앞으로는 자주 사갈 테니 자주 먹읍시다. 내 오늘처럼 알맹이들을 하나하나 꾹꾹 눌러보곤, 조금 곪은 녀석들로만 사갈 테니. 자네가 씹기 쉽게 말이야.

많이 드십시다, 그러면 우리, 더 오래 살 수 있을 것만 같아요.

3

어젯밤에는 소주를 한 병 마시고 들어갔지. 내 몸 역시도 예전 같지만은 않아서, 그 몇 잔 술만으로도 취하더이다. 그래도 원, 좀 속이 상해야지.

그래도 자네, 괘념치 마시게. 어젯밤 전화로 큰 녀석에게 한 욕들은 진심이 아니야. 어릴 적부터 녀석이 얼마만큼이나 자네를 끔찍이 여겼는가. 다 자네를 생각해서 한 말인 걸 나도 알지. 어디 요즘 요양 병원 값이 한두 푼인가. 다 아는데, 나는 당신이 병원에서 이것저것을 하는 게, 또 내가 그것을 보고만 있어야 하는 게 슬퍼서 그랬구려. 그럴 바엔 우리 평생 산 이 집에서, 같이 노닥거리기나 하면서 지내고 싶어서 그랬어. 용서하게. 어쩌면 내 황소 같은 고집이 당신을 해치고 있네그려.

4

육아 수첩, 간병 수첩이니까 적을 수 있는 말이지만, 사람들은 늙으면서 다시 아이가 되는 게 맞는 것 같소. 우리 둘도 오늘 낮에 빼앵 빼앵 소리를 내가며 울었으니까.

자네, 평생 밥상은 차리지 않던 내가 밥을 짓는 모습이 그토록 눈물겨웠소. 아니면 국이 많이 짰소. 자네가 빼앵 소리를 내며 우니까, 글쎄 나도 따라서 울음이 나오지 뭐야.

내 앞으로 밥상을 더 자주 차려주리다. 국도 더 맛있게 끓여보리다.

5

안방에 덩그러니 당신을 두고 나와 수첩을 적고 있소.

축시가 넘은 시간, 푸르스름한 밤의 배경 가운데로 보이는 당신을 보는 일이 여간 힘들어야지. 손으로 젖가슴 언저리를 쓸어내리는 게 여간 가여워야지.

자네, 몸은 또 어느 세월에 그렇게 작아졌는가. 물러 터진

배는 또 왜 한 알 남겼는가.

솔직히 겁이 나기는 하지만 또 내가 누구요. 한창일 때처럼 아무렇지 않은 척하는 데에는 또 자신이 있소. 나는 울지 말아야지.

내일은 마실이나 가십시다.

6

오늘 낮엔 큰 사단이 났었지. 난생처음 구급차도 타보고 말이야.

자네, 그렇게 요란하게 기절할 필요는 없었는데. 당신이 눈을 뜨지 않으니, 병원에는 간만에 집안 모임이 열렸소. 큰 녀석, 둘째, 넷째까지 왔지 않은가. 자네, 아이들 목소리가 들리시오.

당신이 눈을 뜨지 않으니, 나의 눈에는 신묘한 일도 생겨났소. 세상을 같이 바라보지 않으니, 그 무엇도 흥미로운 게 없지 않은가.

내 시선의 주인은 늘 당신이었소, 이제야 말하오.

7

할망, 어찌 여든 평생을 그렇게 가진 것 없이 살았는가.

오늘 몇 안 되지만 불구덩이에 자네의 물건들을 모두 던졌소. 딱 하나, 이 육아 수첩 빼고 말이야. 나이를 먹었는지 조금이라도 당신을 더 기억하고 싶지 뭐야. 용서하시게, 이건 내 나중에 다 보여 드리리다.

세상 빠르게 눈이 침침해져만 가오. 역시 혼자 보는 세상은 재미가 없구려. 당신이 보여 준 세상들, 한 소끔의 후회도 없이 아름다움만 기억합니다. 고맙습니다. 자, 어때. 이제 자네가 없으니 이런 망측한 말도 제법 하지요.

나도 다 된 것 같구먼. 요즘 점점 잠에서 깨어나기가 힘드니 말이야. 할망, 거서 조금만 더 기다려 주겠는가. 내 곧 가리다. 노랗고 푸르게 칠해진 육아 수첩 들고 곧 가리다.

영원한 나의 아가, 이제야 말하오. 사랑하오.

사람을 그리워하는 것도 참 여러 가지 방법이 있어서
그 어떤 여가보다도 시간을 잘 잡아먹는다.
지금도 어딘가에 있을 사람을 그리워하는 것,
그 사람과 전혀 관련이 없는 물건을 볼 때도,
심지어 새롭고 멋진 경치를 볼 때마저도,
새삼 별 것들이 다 그리움이다.
그렇게 또 오늘을 당신에게 바쳤다.

덩
굴
●

　노인의 시선이 새로 세운 깨끗한 회색 시멘트 전봇대에 날아가 박힌다. 젊은 장정이라면 당장에라도 달려가 그것을 뽑는 시늉이라도 할 듯 표정은 구겨져 있다.

　'애초에 이 땅은 정부 소유의 공공용지였고, 도시 계획에 의해 새로운 전봇대를 세웠을 뿐'

　이라는 공무원의 사무적인 말만이 빨간색 수화기의 건너편에서 들려왔다. 노인은 이십 년도 더 된 전화기를 내려놓았다. 팔과 다리를 바들바들 떨며 다시 이부자리로 향했다.
　전봇대가 박히기 전의 그곳은 노인의 환상이 머무는 땅이었다. 아니, 환상이라기보단 누군가의 잔상이었다.

부인은 육십을, 칠십을 먹어도 영원한 소녀였다. 아름답게 연애를 하던 시절부터 억척스러운 구석이라곤 없이, 늘 꽃이라든지, 풀잎 위의 이슬 같은 예쁜 것들을 좋아했다. 노인은 눈 앞에 펼쳐진 꽃 같은 것들보다 그런 부인이 무엇보다 예뻤다.

둘은 결혼 초기부터 가진 것은 없어도 예쁘게 살기를 원했다. 부부가 중년을 함께할 때쯤, 남편의 업무에 몇 번의 큰 사건이 생겼을 때도, 부인은 남편을 어미처럼 안아 주었다.

"돈을 많이 버는 것이 당장은 좋을 수 있어요. 당신이 돈을 잘 벌어서 매일매일 꽃다발이니 화분을, 어떤 날엔 목걸이나 귀걸이를 사 오는 게 좋았으니까. 그래도 난 당신이 고통받지 않고 웃는 걸 보는 게 더 좋은 걸. 우리 이제 돈 신경 쓰지 말고 멀리 나가 살아요."

부인이 선뜻 먼저 귀농을 입에서 꺼낸 날, 남자는 부인의 품에서 철없이 엉엉 울었다.

도망쳐 온 그곳은 도시의 손길이 아직 닿지 않은 파랗고 맑은 땅이었다. 작은 집을 마련했고, 그들의 땅은 아니었어도 집 앞에 텃밭을 마련했다. 남자는 저 멀리의 시장에 다녀

오며, 예전처럼 귀금속류나 세련된 꽃다발을 사올 수는 없었으나, 키우고픈 작물들의 모종을 구해 왔다. 부인은 상추나 토마토의 모종일 뿐인데도 아주 예쁜 것을 받은 양 아이처럼 웃어 줬다. 늘 예쁜 마음을 품었던 것처럼, 엉엉 우는 남편을 안아 줬던 것처럼, 아내는 참 예쁘게도 작물들을 길렀고, 화려하지 않은 작물들로도 텃밭은 나날이 아름다워져만 갔다.

십수 년의 시간이 흐르면서, 아름다웠던 시골은 점점 도시화되어 갔다. 밤하늘의 별이 세월이 흐를수록 점점 탁해져 가듯, 아내의 얼굴에선 점점 생기가 사라져 갔다.

병으로 아내가 세상을 떠나던 날, 남자는 다시 한 번 아내의 품에서 엉엉 울었다. 다시는 보여 주지 않으리라 다짐했던 모습이었다.

그 후에도 텃밭의 모양이나 작물들은 도시의 접근에도 어느 정도 지켜낼 수 있었다. 이제는 머리칼이 회색빛이 다 된 노인은, 아내가 가르쳐 준대로 하루하루를 텃밭과 버텼다. 오이는 부인의 상큼한 미소, 나팔꽃은 부인의 눈, 고른 흙은 부인의 품이었다. 그렇지만 인정사정없는 도시는 그런 부인의 품에 커다란 전봇대를 박아버린 것이다. 텃밭은 공공용지였다. 나라의 땅이었다. 별수 없었다. 노인은 자신의 것도 아닌 것을 뺏겨버린 마음에 온몸을 바들바들 떨었다. 잠에서 깨어 창밖을 보았을 때 부인과 함께했던 그 땅에 흉하디흉한 '그것'이 박혀있는 것이 괴로웠다.

어느 날, 노인은 빨간색 유선 전화와 갈색 커다란 TV 위에 쌓인 먼지를 닦으며 생각했다. 전자제품에 먼지나 이물질이 쌓여서 제 기능을 못하는 것처럼 저 전봇대도 제 기능을 못해서 도로 뽑혀버렸으면.

이내 무언가가 머리에 스쳤다.

'불가능한 게 아니다.'

노인은 서랍장을 뒤져 덩굴 작물들의 씨앗들을 전부 한데 모았다. 이 씨앗들을 전봇대의 아래에 심어, 전봇대가 제 기능을 못하게 하리라. 누군가가 봤을 땐 무모하고 가능성 없는 도전일 수 있었다. 그러나 노인에게는 부인을, 부인과의 추억을 지키기 위한 싸움의 시작이었다.

잦은 가랑비와 부인이 잘 갈아 놓은 흙들 탓에 덩굴들은 하루가 다르게 전봇대를 타고 올라갔다. 수세미 오이와 바닐라, 아이비가 파랗게 타고 올라갔다. 중간중간엔 나팔꽃도 보였다. 부인이 돌아오는 것 같았다.

그러나 덩굴 식물의 두께가 얇았던 탓인지, 현대의 기술이 발전한 것인지, 덩굴들이 전봇대를 전부 덮었음에도 전봇대는 고장 나지 않았다. 공무원들은 전봇대를 뽑으러 찾아오지 않았고, 그렇게 오랜 시간이 흘렀다.

몇 년 후의 어느 날, 부인의 젊었을 때와 똑 닮은 숙녀가 길을 물으러 노인의 집을 찾았다. 길을 알아낸 여자는

"텃밭의 전봇대가 참 예쁘네요."라는 칭찬을 남기고 떠났다.

노인은 그 모습이 마치, '이제는 애쓰지 말아요. 나는 당신이 웃는 걸 보는 게 좋은 걸.' 하고 떠난 부인이 말을 건네는 것 같아, 그날 또 한 번 엉엉 울었다.

정말이지 다시는 보여 주고 싶지 않은 모습이었다.

차라리 마음껏 그리워하는 쪽이 마음이 편한 거야.
누가 뭐래도, 혹 당신마저 그러지 말라 해도,
나는 여전히 내 마음대로 당신을 그리워해.
당신이 그리워, 네가 내 삶을 통째로 관통했어.
나는 너를 그리워하는 거로, 그렇게 정해졌어.

화관을 쓴
남자

●

'삼십 대 초반의 서글서글한 여자.'

M이 A를 오랜만에 봤을 때 받은 인상이었다. 십 년이 넘는
시간이 흐른 뒤, 여고의 동창이었던 M과 A는 우연히 작은 상
가에서 마주쳤고, 단번에 서로를 알아볼 수 있었다. 3월의 어
느 낮에는 반가운 인사가 오갔다.

M은 상가의 1층에 작게 화원을 열었고, A는 2층의 작은
미술 학원에 시간제 강사로 일하고 있었다. 우연히 만난 둘
은 서로의 근황을 나눴고, 그 후에도 종종 함께 차를 마시게
됐다.

거의 모든 연령의 여자들이 그렇듯, 그녀들은 여러 분야에
관한 수다를 나눴는데, 그 중엔 남자들에 관한 이야기 역시

빠지지 않고 들어가 있었다. 먼저 이야기를 꺼낸 M은 자신을 스쳐 간 여러 남자에 대해 얘기했고, 중간마다 그들의 험담을 섞기도 했다. A는 그것을 듣고는 크게 웃어 주었다. M은 A의 연애담이 듣고 싶다고 말했다. A는 조금은 머뭇거리다가,

"죽었어, 오 년 전에."라고 대답했다. 죽은 그는 그녀들이 고교에 다닐 때도 주변에 있었던 사람으로, M은 그가 근처의 다른 사립 고등학교에 다녔던 것을 분명히 기억할 수 있었다. 그녀는 아차, 내가 괜한 쪽으로 대화를 이끌었구나 싶어, 손에 들고 있던 찻잔을 그만 떨어트릴 뻔했다.

"미안해, 계속 만나고 있었던 것도 몰랐고, 그런 안 좋은 일을 당한 줄도 몰랐어."

"괜찮아, 이제는 정말 아무렇지도 않게 됐는 걸."

그렇지만 A는 웃으며 그렇게 말해 주었다. 진심에서 우러나온 대답이었다.

A는 그 이후에도 종종 그 남자에 대한 이야기를 꺼내곤 했다. 물어보지 않는데도 말이다. M은 그가 마치 살아 있는

사람처럼 느껴질 정도였다. 다만 조금 먼 지역에 살고 있어서, 쉬이 만나볼 수 없는 사람의 이야기를 듣는 것만 같았다.

M과 A는 별안간 아주 밀접한 관계가 되어, 퇴근 시간이 맞는 날이면 만나서 대화를 나누곤 했다. 대화의 주제는 다양했다. 날씨와 계절, 국물 음식, 역시나 남자에 관한 이야기도, 그리고 그 사람에 관한 이야기들까지. A는 죽은 그 남자에 대한 이야기를 하다, 요즘 그리고 있는 그림에 대해 말을 꺼냈다.

"요즘은 벤치를 그려. 응, 맞아. 길거리 위의 의자 말이야. 여러 각도에서 그것들을 그리다 보면, 그것들이 참 서글프게 다가와. 꼭 그 사람 같아서. 사람들은 한겨울엔 좀처럼 그것을 찾지 않잖아. 그 위에 앉지 않는 것은 물론이고. 그 사람, 오 년 전에 죽었을 땐 정말 많은 기도를 받았었어. 장례식장엔 발길이 끊이질 않았고……. 그렇지만 지금 그를 그리워하는 사람은 아무도 없어. 정말 슬픈 일이라고 생각해, 겨울의 벤치처럼."

그렇지만 떠난 사람을 홀로 그리워하는 건 조금 아까운

걸, 지금의 너는 아직도 충분히 예뻐. M은 그녀에게 그렇게
말했다.

"그리움에 옳고 그름은 있는가. 그것에 대해선 작년쯤엔가
한참 고민했었어. 너뿐만이 아니야. 주변의 다른 사람들은
너보다 더 노골적인 눈빛으로 나를 불쌍해했었거든, 마치 과
부를 바라보듯 말이야. 아니, 과부보단 축복받은 경우일까."

그녀는 그렇게 말하곤 웃었다. M 역시도 따라 웃을 수밖에
는 없었다.

"그렇지만 참, 불쌍한 사람이야. 우리가 함께 뛰놀았던 운
동장에 비하면 2미터 남짓한 관은 너무 좁고, 그와 우리의 이
야기를 새겨 놓기엔 비석은 턱없이 작은 걸."

뜨거운 커피를 마시기엔, 4월의 날씨는 어느덧 답답할 정
도로 따뜻해져 있었다.

M은 A가 하는 말을 들으며, 건너편 테이블의 노부부에게
초점을 고정하고 있었다. 노부부는 거의 움직임이 없었다.
평화로움이 느껴지는 장면이었다. A는 M이 자신의 이야기를
듣는지 마는지는 아랑곳없이, 계속 말을 이어 갔다.

"그렇지만 정말 신기한 거야. 오 년이라는 시간이 지났는데도 말이야, 그 사람은 매일 꿈에 나타난다니까. 겨울엔 눈처럼 흰 코트를 두르고, 이런 봄이면 알록달록한 꽃으로 만든 화관을 머리에 쓰곤, 마치, '자, 내가 네 그리움의 왕이다.' 라고 말하는 것처럼. 나는 아직도 그 사람의 백성이어야 하나 봐. 사랑하고 있나 봐, 아직."

A의 완연한 미소는 사랑하고 있는 여자의 진실한 그것이었다.

4월은 한창이었다. M은 그날 이후에도 A와의 편안한 대화를 이어 갔고, 그녀는 외로움의 기색이라곤 없이, 여전히 사랑하고 있는 그 사람에 관한 말들을 했다.

4월의 어느 오후, M은 제철의 꽃들을 꺾어서 엮었다. 어른 남자의 머리에 꼭 맞을 법한 화관을 만들었다.

'그리움에 옳고 그름은 있는가, 죽음마저 관통하는 사랑이란 있는가.'

M은 정성스레 사색하며 화관을 엮었다. A에게 선물로 주기 위한 것이었다.

그야말로 완연한 봄이었다. 뜨거운 국물 음식을 먹는 사람은 좀처럼 볼 수 없었고, 산책객들은 부산스레 길을 거닐었다. 찻집의 노부부는 조용히 커피를 마셨다. 옷차림은 하루가 다르게 얇아져 갔다.

그리고 그것들의 주변으로, 세상을 초월하는 이들의 연애담이 끊임없이 흘렀다.
슬픔은 없었다.

네가 없는 곳으로 너를 만나러 간다.
네가 좋아했던 커피 한 잔을 시키곤
나눠 마셔야지 혼잣말.
한 모금을 머금으면 너는 없다가도 있다.

책 위의
먼지를
털어낸 날

며칠 전엔 책 위에 쌓인 먼지를 털어냈어.

'모든 것은 흐르는 대로.'

그것은 내 일종의 좌우명 같은 거라고 생각해. 몸이 아프면 아픈 대로, 나이가 들면 드는 대로 살자는 게 평상시의 나의 태도야. 그런 관점에서 보자면, 책에 먼지가 쌓이는 것 역시 자연스러운 현상이라, 가만히 둘 수도 있었던 것이었어. 모든 것은 흐르는 대로.

그렇지만 다르게 말하자면, 그렇기 때문에 책 위에 쌓인 먼지를 의식하고, 그것을 털어낸 것은 나에겐 꽤 커다란 사건이었어.

네 생각을 했기 때문이야.

너는 왜 네가 없는 곳에서도 너라는 존재로 내게 다가올
까. 맞아, 너는 네가 없는 곳에서도 너라는 존재로 내게 다가
오곤 해.

그러니까 그게 언제였냐 하면, 누군가와 악수를 나눌 때였
지. 지극히 사무적인 악수였어. 더군다나 악수의 상대는 나
보다 적어도 네댓 살은 많은 남자였고.

그렇지만 그 순간에도 나는 너를 느꼈어.

손을 통해 전해지는 사람의 온기가, 조금은 까슬까슬한 피
부의 감촉이, 확실히 너의 것이었어. 필요 이상으로 오래 나
눈 악수 때문에 상대방은 적잖이 당황스러워했지만, 어떡해,
나는 다른 생각은 전혀 할 수 없었는걸.

이유는 확실해, 네 생각을 했기 때문이야.

며칠 전부터는 내가 사는 곳에도 봄꽃이 피기 시작했고,
사람들은 평생 그것들만을 기다리듯 기뻐할 뿐이야. 꽃이 만
개한 거리의 사진을 찍고, 짝을 맞추어 걷는 모습이 요즘 들
어 부쩍 자주 보여.

사람들은 왜 새로운 것만을 기다릴까. 나는 거리에 만개한 꽃이 아닌, 언젠가 찍은 흰 눈과 가을 거리의 사진들을 보며 그렇게 생각했어. 어쩌면 내가 조금은 이상한 거지, '모든 것은 흐르는 대로.' 라고 말하고 다니는 녀석이, 자연히 다가온 봄이라는 계절에 의심을 품다니 말이야.

다시 말하자면, 네 생각을 했기 때문이야.

언젠가부터 너의 실루엣과 목소리가 나의 눈과 귀에서 옅어져 갔고, 그 위를, 나의 주변을 새로운 사람들이 나타나 덮었어. 우리가 함께 가곤 했던 과자점에서 주기적으로 새로운 메뉴들이 나왔던 것처럼, 새로운 것들은 끊임이 없이 세상을 어지럽히는 거야. 새로운 계절, 새로운 물건, 새로운 사람, 새로운 책. 그런 것들.

가장 좋아하는 책이 뭐야. 언젠가 네가 그렇게 물었을 때, 나는 망설임 없이 좋아하는 책의 이름을 말했지. 너는 무슨 대답이 그렇게 빠르냐며 웃었어, 마치 로봇 같다고.

그렇지만 이제야 말하는데, 너는 내게 그런 사람이야. 가장 좋아하는 책 같은 사람. 새로운 것들 사이에서 영원한 사

람. 흐름 따위는 가볍게 초월하는 사람. 가장 좋아하는 책의
먼지를 털어낸 날, 나는 그 책을 다시 읽기로 했어.

몇 번째 말하는 걸까, 네 생각을 했기 때문이야.

물론 봄이 싫다는 말은 아니야. 거리를 가리지 않고 핀 꽃
하나하나에도 네가 있어.
응, 너는 어디에도 있어. 네가 숨을 쉴 땐 봄꽃의 달콤함이
있었고, 나의 앞에서 신이 나 말할 땐 여름 바다의 청량감이
있었어. 가을바람의 시원함은 너의 살결, 낙엽은 네 저편의
고독. 겨울의 흰 피부. 전부 너인 거야.

오늘도 가장 좋아하는 책처럼 너를 펼쳐본다. 다가올 계절
을 그리워하기보단 너를 그리워하기로 했으니까.

'모든 것은 흐르는 대로.'
그러므로 너를 그리워하는 것은 그 흐름 그대로 놓아두는
거야.
새로운 것들 사이에서 영원한 사람. 흐름 따위는 가볍게
초월하는 사람. 오늘은 어떤 것들로부터 나타나 줄래.

나는 지금, 또 너를 만나러 간다.

그래도 사랑뿐

초판 1쇄 인쇄 2017년 1월 25일
초판 1쇄 발행 2017년 1월 30일

지은이 오휘명
펴낸이 안종남

펴낸 곳 지식인하우스
출판등록 2011년 3월 31일 제 2011-000058호
주소 121-904 서울시 마포구 월드컵북로400(상암동) 문화콘텐츠센터 5층 5호
전화 02)6082-1070
팩스 02)6082-1035
전자우편 jsinbook@naver.com
블로그 blog.naver.com/jsinbook

ISBN 979-11-85959-24-5 03810